AF139022

FANTASTISCHE LANDSCHAFTEN: DIE WETTERAU

Wetteratur

... ist ein Kunstwort aus Wetterau und Literatur.

Im Sommer 2011 fanden sich Autorinnen und Autoren zusammen, um sich über ihre selbst verfassten literarischen Texte auszutauschen. Nicht zuletzt ging es dabei darum, das eigene literarische Handwerk zu verbessern. Mittlerweile ist aus *Wetteratur* eine Projektgruppe geworden.

Das vorliegende Buch ist die erste gemeinsame Veröffentlichung.

Weitere Informationen über die Gruppe gibt es unter *www.pz-komm.de*.

FANTASTISCHE LANDSCHAFTEN: DIE WETTERAU

Wetteratur

(Herausgeber)

Bibliografische Information der Deutschen Nationalbibliothek:
Die Deutsche Nationalbibliothek verzeichnet diese Publikation in der Deutschen Nationalbibliografie; detaillierte bibliografische Daten sind im Internet über http://dnb.dnb.de abrufbar.

TWENTYSIX – Der Self-Publishing-Verlag
Eine Kooperation zwischen der Verlagsgruppe Random House und BoD – Books on Demand

© 2017 Wetteratur (Hrsg.)

Layout: Ursula Luise Link

Cover: Rita H. Greve und
        Dr. Björn Greve, b.rainbowebdesign

Herstellung und Verlag:
BoD – Books on Demand, Norderstedt

ISBN: 978-3-740-73306-3

Vorwort

Wenn Sie sich trotz der überwältigenden, uns heute überschwemmenden Bilderflut die Fähigkeit bewahrt haben, ihre Fantasie auf die Reise zu schicken und sich eigene Bilder zu schaffen – dann sind Sie bei diesem Buch richtig!

Die Anthologie versammelt Sagen, Fabeln, Gruselgeschichten, Mystisch-Mythisches und Fantasy. Ihnen allen ist eines gemeinsam: Sie spielen in der Wetterau.

Ein Autor und vier Autorinnen – Andreas Arnold, Rita H. Greve, Jule Heck, Ursula Luise Link und Petra Zeichner – haben in ihrer Annäherung an das gemeinsame Thema ganz unterschiedliche Wege gefunden – für eine Reise durch die fantastische Landschaft der Wetterau.

Wetteratur

Inhaltsverzeichnis

Ursula Luise Link

Die rote Lene aus Nieder-Mörlen

Der dreißigste April

Lene hatte das Blatt in der Stube gefunden. Was man da alles sehen konnte! Frauen, junge und alte, flogen durch die Luft, ritten auf Besen. Manche schwebten, Hand in Hand, bildeten einen Reigen. Schafsböcke hatte Lene auch entdeckt. Frauen saßen und ritten auf ihnen wie auf Pferden. Tafelrunden, wo Weiber mit Männern speisten. Und Tote gab es. Knochenmänner. Tierskelette. Auf denen ritten Frauen auch.

Dass der Herr Pfarrer sich so etwas ansehen konnte, ohne rot zu werden. Die waren doch alle nackt! Und einige ließen sich sogar beschlafen, obwohl die anderen zuschauen konnten. Wie bei den beiden Katzen, die es im oberen Bildrand aufeinander trieben und sich um nichts weiter scherten. In der Mitte des Flugblattes, da stand allerdings ein Mönch, der hatte ein Kreuz auf seiner Kutte und ein Kruzifix in der Hand. Der wollte dem ganzen Treiben wohl ein Ende bereiten? Vielleicht hatte der Herr Pfarrer das Flugblatt deshalb aufbewahrt und nicht gleich zerrissen oder ins Feuer geworfen. Der Text am unteren Rand – der erklärte möglicherweise auch einiges. Den konnte Lene aber nicht lesen.

Dass die abgebildeten nackten Frauen Hexen waren, das wusste Lene jedoch auch so. Und wenn sie den Mut gehabt hätte, das Flugblatt länger zu studieren, hätte sie bestimmt auch noch den Teufel auf dem Flugblatt entdeckt.

„Hüte dich vor Satan", hatte der Vater noch heute Morgen gesagt.

Die Mutter hatte Lene vor langer Zeit ein Bild gezeigt. Ein widerwärtiges Gesicht, eine Fratze, halb Mensch, halb Ziegenbock, Gehörn, Bocksfüße, am Rücken ein hässlicher Schwanz.

„Sieh dir den Bösen genau an! Er kommt manchmal zu den Menschen und versucht sie. Die Rothaarigen, die liebt er besonders", hatte die Mutter ihr damals zugeflüstert und das Bild schnell in der Truhe der Stube versteckt. Lene hatte es danach noch viele Male angeschaut. Sie musste vorbereitet sein, damit sie ihn erkennen würde. Heute Nacht schon, da würde sie ihm wahrscheinlich Aug in Aug gegenüberstehen.

Lene arbeitete schnell weiter. Der Pfarrer war streng! Wenn ihr auch nur eine kleine Aufgabe misslang oder sie etwas übersah, gab es einen Schwall böser Worte. Und manchmal, wenn niemand zuschaute, hatte der Pfarrer sie auch schon geschlagen.

Gottseidank würde er heute nicht mehr zurückkommen. Er wolle seinen geistlichen Bruder in Friedberg besuchen, hatte er Lene knapp mitgeteilt. Sie solle nachher die Tür des Pfarrhauses gut verschließen und den Schlüssel bis morgen mit nachhause nehmen. Lene nahm ihre Aufgaben heute nicht ganz so ernst wie sonst. Sie ließ beim Fegen im Pfarrhaus, das neben ihrem Elternhaus in der Fußgasse in Niedermörlen stand, Ecken aus. Den Staub auf Tisch und Bank konnte sie auch ebenso gut beim nächsten Mal entfernen. Sie schloss alle Türen und Fenster, drehte den Schlüssel im Schloss um und eilte nachhause. Sie war viel zu aufgeregt, was heute passieren würde.

Zum Hexenküppel

Beim Nachtmahl mit den Eltern brachte Lene kaum etwas herunter. Ob der Vater sie durchschaut hatte? Wieder blickte er sie so komisch an.

„Morgen wird das Gras auf dem Hexenküppel im Frauenwald niedergetreten sein. Die werden es wieder treiben, dort oben", sagte die Mutter und bekreuzigte sich.

Lene und der Vater schwiegen.

„Ich bin müde, es war so anstrengend beim Herrn Pfarrer. Ich gehe hinauf", sagte Lene und lief von der Stube hinaus.

In ihrer Kammer, in dem untersten Winkel ihrer Truhe, suchte sie nach dem kleinen Tiegel, den ihr die Muhme gegeben hatte. Die Hexensalbe! Lene griff danach und steckte sie in ihr Gewand. Die würde sie erst auftragen, wenn sie außer Sichtweite der Häuser war. Einen Besen mitzunehmen, das traute sie sich nicht. Zwar würde sie erst hinaufschleichen, nachdem die Kirchturmuhr der Sta Maria Capell elf Mal geschlagen hätte, aber die letzten Nächte waren sternenklar gewesen. Misstrauische würden heute Nacht aus den Fenstern gucken. Verdachtschöpfer gab es genug!

„Rote Lene, böse Hex!"

Wie gestern klang es in Lenes Ohren. Die Gassenbuben hatten es gerufen, die Mädchen, die nicht ihre Freundinnen sein wollten, die sie nicht in ihrer Gesellschaft duldeten. Und der Vater raunte es, wenn er glaubte, sie höre es nicht. Nur die Mutter, die hatte sie immer liebgehabt. Aber vielleicht war sie selbst eine Hexe? Das rote Haar, das hatte Lene von ihr geerbt.

Bestimmt konnte sie heute Nacht auch ohne Besen durch die Lüfte reisen! In ein paar Stunden würde sie es endlich wissen. Ob das, was die anderen sagten, stimmte!

Lene legte sich auf ihr Bett. Sie zitterte schon jetzt am ganzen Körper. Aufregung. Angst. Vorfreude auch.

„Gib Acht, in der Nacht!", hatte die Muhme sie gewarnt.

„Dem Irrwisch
Dem tanzenden Licht
Traue ihm nicht!
Wer ihn neckt
Sich nicht versteckt
Ob Mann, ob Frau
Den schlägt er blau!"

Sie schloss die Augen. Sie musste sich vor dem großen Ereignis ausruhen, sonst würde sie es gar nicht bis zum Hexenküppel schaffen.

Lene musste eingeschlafen sein. Die Kirchturmuhr schlug zehn. Nur noch eine Stunde, bis sie aus dem Haus schleichen und den Weg zum Frauenwald hinaufnehmen würde.

Was war das? An der Tür bewegte sich etwas. Eine Frau, mit langem Haar? Mit rotem Haar, die Mutter? In der Dunkelheit der Kammer waren nur Schemen erkennbar. Aber Augen, wie glühende Kohlen, starrten Lene aus dem Dunkel heraus an.

„Gib Acht, in der Nacht!"

Lene erhob sich. Sie tastete sich zur Tür.

Das Wesen, das eben noch gesprochen und gestarrt hatte, war im Innern von Tür oder Wand verschwunden.

Im Bett, da konnte Lene jetzt nicht mehr bleiben. Im Haus war alles still. Kein Laut. Sie würde sich sofort auf den Weg machen. Sie war schon einmal eingeschlafen. Heute musste sie es herausfinden, sonst lag wieder ein Jahr voller Unsicherheit und Ungewissheit vor ihr. Lene griff nach ihrem Tuch, vergewisserte sich, dass die Hexensalbe noch in ihrem Gewand steckte.

„Opium, Efeu, Lorbeer, Wolfswurzel und Eppich", hatte die Muhme gesagt.

Lene schlich sich die Stufen der Treppe hinunter. Haustür und Hoftor quietschten, ein bisschen. Lene drückte sich in die Ecke vor dem Haus, wartete, ob sich drinnen etwas bewegen würde. Dann könnte sie noch eine Entschuldigung für ihr Tun finden. Sie habe frische Luft schöpfen müssen oder dergleichen. Aber drinnen im Haus blieb alles totenstill.

Lene suchte ihren Weg, immer ganz nah an den Häusern der Fußgasse entlang. Sie schlich am Haus des Pfarrers vorbei. Am Ende des Weges schlüpfte sie durch die Hecke, die das Dorf Nieder-Mörlen hier begrenzte. Vom „Gasthaus zum Stern" drang der Lärm der Zecher herüber.

Die letzten Häuser des Dorfes lagen jetzt schon ein Stück hinter ihr. Nur das Mondlicht begleitete sie noch auf ihrem Weg. Eine Katze huschte über den Pfad, ihre Augen leuchteten. Eine Hexe, die auch zum höchsten Punkt des Frauenwaldes hinaufgelangen wollte? Katzen, Eulen, Mäuse – in diese Tiere verwandelten sie sich besonders gern. Vielleicht würde sie selbst nach der Hexensalbe plötzlich eine Maus sein?

Der Pfad hinauf zum Frauenwald machte nun eine Rechtsbiegung. Eichen, die ihre dicken Arme in den dunklen Himmel streckten, säumten den Weg.

„Huhuuh, huhuuh!"

Der Pfiff ließ Lene erzittern.

„Hörst du den Kauz, findet ein Mensch, den du liebst, in der Nacht seinen Tod", hatte die Muhme gesagt, und Vater und Mutter hatten dazu genickt.

Was, wenn die Eltern heute Nacht sterben würden? Lene wollte sich gar nicht vorstellen, was ihr dann alles widerfahren würde. Ob sie umkehren sollte? Im Haus aufpassen, dass niemandem etwas geschah? Lene verharrte einen Augenblick, unschlüssig. Dann setzte sie ihren Weg fort. Zu schwer lastete die Ungewissheit auf ihr. Sie musste endlich erfahren, wer sie war.

Ob sie eine Hexe war.

Sie war nun an der Usa angelangt. Sie raffte ihren Rock. Im Mondschein sah sie den Fluss still dahintreiben. Das Hochwasser des Frühjahrs war längst verschwunden. Lene hatte keine Angst. Die Usa forderte keine Opfer, so wie die Wetter jedes Jahr. Steten Schrittes durchquerte sie den seichten Fluss und gelangte ohne Mühe ans andere Ufer. Der Pfad verlief noch eine Weile auf flachem Gelände, dann begann der steile Anstieg. Die Kirchturmuhr. Lene zählte. Elf. Es war noch eine Stunde bis Mitternacht.

Sie kam nur langsam voran. Der Untergrund war hie und da glitschig, Baumwurzeln und Äste verlegten den Weg. Die dicht gewachsenen Bäume verdunkelten zusätzlich die Nacht. Nur dann und wann fiel ein Mondstrahl durch das dichte Blätterwerk der Eichen. Oder waren es Irrwische, die sie gleich überfallen würden?

Als die Kirchturmuhr durch einen Schlag die halbe Stunde anzeigte, war Lene auf dem höchsten Punkt des Frauenwaldes angelangt. Noch war alles totenstill, nirgendwo war irgendetwas, irgendeine Bewegung zu entdecken. Lene setzte sich an den linken Rand der großen Wiese. Sie griff in die Tasche ihres Gewands, öffnete den Deckel des Tiegels. Vorsichtig entnahm sie kleine Mengen der Hexensalbe und strich sie hinter ihre Ohren. Sie würde warten.

Epilog

Ob Lene dem Leibhaftigen begegnet ist? Ob sie mit anderen Hexen durch die Lüfte geflogen ist? Ob sie beim Hexensabbat mit dem Teufel gegessen oder sich gar mit ihm vereinigt hat?

„Rote Lene, böse Hex?"

Als sie in der Nacht ins Haus zurückschlich, hatte der Vater auf sie gewartet. Er folgte Lene in ihre Kammer.

„Rote Lene, böse Hex?"

Am nächsten Morgen kam Lene nicht herunter. Als die Mutter sie suchte und ihre Kammer betrat, fand sie Lene auf dem Rücken in ihrem Bett liegend. Das lockige rote Haar hatte sich wie ein kupferner Strahlenkranz um ihr wächsernes Antlitz ausgebreitet. Wer genau schaute, entdeckte an der Innenseite ihrer Handgelenke zwei kleine Male. Schnitte. Und am Hals einige rote und blaue Flecke. Lene war tot.

Man vernahm die Eltern. Der Vater hatte Lene schon immer im Verdacht gehabt, mit dem Teufel im Bunde zu sein. Er hatte ihr die Adern geöffnet, hatte sie ins Bett gezwungen, war bei ihr geblieben, um im letzten Moment ihres Lebens, bevor sie ihre Seele aushauchen würde, eine Antwort zu erlangen. Stand das Himmelreich vor ihr oder der Teufel, um sie hinab zu holen?

Ob der Vater von Lene eine Antwort erhielt? Ob er für seine Mordtat bestraft worden ist? Oder ob man Milde walten ließ, weil man die Salbe in Lenes Gewand entdeckte und den Wunsch des Vaters verstand?

Wir werden es nie wissen.

Die Wetterauer Sage „Als Hexe auf ewig ver-
loren"[1] lässt das schreckliche Geschehen in der
Walpurgisnacht, irgendwann im siebzehnten
Jahrhundert, für alle Zeiten im Dunkeln.

---

[1] Vgl. auch Gießener Allgemeine et al (Hrsg.), Märchen. Sagen und historische Berichte aus den Regionen
Gießen, Vogelsberg und Wetterau, 1990, S. 22.

Schauplatz: Das historische Nieder-Mörlen

Die Geschichte Nieder-Mörlens, das erst 1972 seine Selbständigkeit verliert und Stadtteil von Bad Nauheim wird, ist lang – und gut dokumentiert.[2] Wird in den alten Urkunden zunächst nur die „Mörler Mark" erwähnt, unterscheidet man erstmals 1291 Ober- und Nieder-Mörlen. Glaubenszugehörigkeit und Herrschaftsverhältnisse ändern sich mehrfach.

Aus der wechselvollen Geschichte sind als Hintergrund der Erzählung drei Ereignisse erwähnenswert.

„An der Stelle, wo heute in Nieder-Mörlen die katholische Kirche steht, hatten sich die Nieder-Mörler schon frühzeitig eine Kapelle gebaut. … (Sie wurde) Sta Maria Capell genannt. Möglicherweise war mit ihr auch einmal ein Frauenkloster verbunden, dem der Frauenwald und der sogenannte Christenweiher gehörten. Über Größe und Aussehen der Sta Maria Capell wissen wir so gut wie nichts. Bekannt ist lediglich, daß sie –

---

[2] Siehe im Folgenden Nieder-Mörler Geschichtsverein e.V., 1200 Jahre Nieder-Mörlen – Eine Festschrift –, Bad Nauheim 1990

nach Um-, Aus- oder Neubau in späterer Zeit – einen Glockenturm mit Uhr hatte."[3]

Ende des 14. Jahrhunderts soll Nieder-Mörlen zur Pfarrei erhoben worden sein. 1523 verlegt der Pfarrer seinen Wohnsitz von der Kirche am Johannisberg nach Nieder-Mörlen. Für das Jahr 1608 ist ein Pfarrhaus in der Fußgasse belegt.[4]

Auch in Nieder-Mörlen wütete der seit dem 13. Jahrhundert im Deutschen Reich verbreitete Hexenglaube. Noch 1739 – landesweit ist der Hexenglaube bereits abgeebbt[5] – kommt es zu einem Hexenprozess gegen Nieder-Mörler Kinder[6], Frauen und Männer.

Aus dem Verhör des elfjährigen Josef Simmerock ein kurzer Auszug

Er sei mit der Stiefmutter in den Stall und dann vor die Stalltür gegangen …

„…wo ein großer schwarzer Gaul gestanden, darauf er sich setzen müssen, der sogleich mit

---

[3] Ebda., S.112; siehe auch die übersichtliche Zeittafel auf S. 229ff.

[4] Siehe ebda., S.113

[5] Die meisten Hexenprozesse und die Hoch-Zeit des Hexenwahns lassen sich im 17. Jahrhundert verorten. Damals entsteht auch die Sage vom Blocksberg und ihre Zusammenführung mit der Walpurgisnacht, der Nacht vom 30. April auf den 1. Mai.

[6] In dem Verhör des Josef Simmerock berichtet der Beschuldigte von Reisen durch die Luft.

20

ihm durch die Luft geflogen, worauf sie zu einem Hexentanz kommen, da sie getanzt, der Alten (seiner Stiefmutter) Töchter auch gewesen und der Böse (der Teufel) auf einem Baum gewesen, darauf er von demselben als herab auf die Weibsleut ... gesprungen ..."[7]

Die kollektive Verirrung, der Hexenwahn, war damals allgegenwärtig – und niemand war vor Denunziation und Tod durch Feuer oder Schwert geschützt.

---

[7] Ebda, S. 197

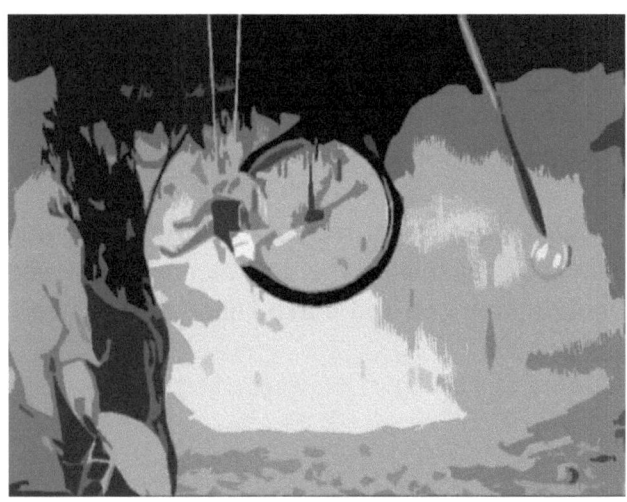

Der Anfang

Protokoll

„In einer Sommernacht, deren Glut mich nicht hatte zur Ruhe kommen lassen, war ich aus dem Haus und im Dorf spazieren gegangen. Keine Wolken, Mondschein satt. Man hätte ein Buch lesen können. Die Zeit? Na ja. Ich hatte mein Mobilphone vergessen. An der Kirche angelangt – es musste bestimmt bald Mitternacht sein – schaute ich hinauf zur Kirchturmuhr. Was war das denn? Die großen Messingzeiger drehten sich, rasend schnell. Rückwärts! Das dauerte eine ganze Weile, mir wurde vom Hinaufspähen fast schwindelig. Irgendwann blieben sie plötzlich stehen, schwangen von der Raserei noch einen Augenblick nach. Komisch, dachte ich damals. Ich nahm mir vor, am nächsten Tag noch einmal danach zu schauen."

Oben, im zweiten Stock der Bibliothek, in dem das Stadtarchiv der Kreisstadt untergebracht war, lag die Aussage – wohl eines Mannes – jetzt vor mir auf meinem Schreibtisch. Name und Unterschrift, auch ein Datum fehlten. Man hatte mir das in riesigen Lettern gedruckte Blatt gleich zu Anfang gegeben. Die Absicht war wohl gewesen, mir klar zu machen, wie wichtig die

Information war. Nicht ein Wort davon sollte ich überlesen.

Nach meinem Hunger musste es Mittagszeit sein. Ich ging zur Treppe und die dreiundvierzig Stufen hinunter, dann die acht Stufen auf der gegenüberliegenden Seite wieder hinauf. Die sorgende Hand hatte mir den Mittagsteller durch die Klappe der Eingangstür geschoben.

Ich hatte mich ganz offensichtlich etwas verspätet. Die Nudeln mit der braunen Soße und dem undefinierbaren Gekrümel darin waren fast kalt. Schade, aber es gab ja keine Alternative. Ich nahm den Teller, stieg die wenigen Stufen erst hinab, dann die vielen wieder hinauf und setzte mich an meinen Schreibtisch. Eigentlich war das Essen mehr oder weniger gleich geblieben, seit ich hier gefangen gehalten wurde. Wenn sich da draußen so wenig verändert hatte, wie es die Mahlzeiten, die man mir zugestand, vermuten ließen, dann würde es für mich, wenn sie ihr Versprechen halten würden, kaum Überraschungen geben. Noch drei Tage, drei Mal drei Mahlzeiten, trennten mich von meinem ersten Ausgang.

Rechts an der Seite vom Schreibtisch stand eine Bücherwand. Dort hatte ich lange Papierstreifen befestigt. Reihen von untereinander stehenden Dreien. Nach zehn Dreien jeweils ein Querstrich. Nach hundert ein doppelter. Drei Hunderter-Doppel-Querstriche, sechs Zehner-

Querstriche und zwei weitere einzelne Dreien. Ich war jetzt dreihundertzweiundsechzig Tage hier eingesperrt.

Ich hatte so lange mit niemandem ein Wort gewechselt, kein menschliches Wesen gesehen oder gar berührt. Ich wusste nicht, was aus meiner Familie geworden war, hatte mittlerweile keinerlei Nachricht mehr, was da draußen vor sich ging.

Mit dem Frühstück jeden Morgen wurde mein Tagesauftrag durch die Klappe geschoben, früher fein säuberlich auf weißem Papier gedruckt. Seit einigen Monaten sahen die Anweisungen seltsam verändert aus. Unsauber getippte Buchstaben, w, g, d und e so, als habe jemand vergessen, die Typen einer alten Schreibmaschine zu säubern.

Ich forschte, las, sichtete die vorgeschriebenen Bücher, fasste für jeden Abend die Ergebnisse meiner Tagesarbeit zusammen und legte sie abends an die Klappe. Inzwischen schrieb ich alles mit der Hand. Seit längerer Zeit funktionierte das Notebook, das mich anfänglich mit der Außenwelt verbunden und mir den Aufenthalt hier erleichtert hatte, nicht mehr.

So war fast ein Jahr vergangen und ich war immer noch nicht wahnsinnig. Dass ich die Isolation bisher unbeschadet überstanden hatte, das verwunderte mich am meisten.

Ich trug den abgegessenen Teller zur Klappe, treppab, treppauf, das verschaffte mir ein wenig Bewegung. Nach der zweiten Tagesmahlzeit legte ich mich immer auf das schwarzrote Sofa, das im ersten Stock gegenüber vom zweiten Treppenaufgang stand. Wie oft hatte ich früher dort gesessen und in den Büchern gestöbert! Vielleicht hatte man mich deshalb ausgewählt? Ich öffnete mit der Stange die Dachluke, die einzige Möglichkeit, um frische Luft in die Bibliothek hineinzulassen. Alle anderen Fenster hatten sich von Anbeginn an nicht öffnen lassen.

Ob ich kurz oder lange eingeschlafen war, das vermochte ich nicht zu sagen. Manchmal, wenn die Tage sehr sonnig gewesen waren, hatte ich an der Helligkeit die Tageszeit ausmachen können. Aber heute schien es draußen trübe zu sein. Wahrscheinlich verdunkelten unzählige Wolken den Himmel.

Ich begab mich wieder an meinen Arbeitsplatz im zweiten Stock. Auf meiner Nadel aufgespießt lag zuoberst mein Auftrag. In der Schöpfungsgeschichte der Bibel sollte ich nach Anhaltspunkten für die heutige Situation suchen.

„Witz komm raus, du bist umzingelt."

Dieser alberne Spruch ging mir durch den Kopf. Früher hatten meine Arbeitskollegen und ich über solche Jokes gelacht. Obwohl es in meiner Situation eigentlich nichts zu lachen gibt, musste ich unwillkürlich schmunzeln. Als ob ich etwas über die Situation da draußen wüsste! Wonach sollte ich also in dem jahrtausendealten Buch forschen?

Ich hatte schon den ganzen Morgen im Haus nach der Bibel gesucht. Hier gab es keinen Computeranschluss mehr, in dem man mit ein, zwei Klicks jedes Buch hätte aufspüren können. Ich musste mich auf die Abteilungen, die fleißige Bibliothekare früher angelegt hatten, verlassen. Erst die Abteilung, die stand auf einem Schild oberhalb der Regale, dann die Unterabteilungen durchsuchen. Ich hatte schon bei „Religion" gesucht, war aber nicht fündig geworden.

Mir blieb nichts anderes übrig, als die Wagen zu durchforsten, in die die Bibliotheksangestellten am letzten Tag, an dem die Bibliothek in Friedberg geöffnet gewesen war, die letzten ausgeliehenen Bücher gelegt hatten. Unter Liebesromanen und einer Reihe von Krimis fand ich das schwarze Buch. Ich ging hinauf zu meinem Schreibtisch.

Genesis

„Die Erde aber war wüst und wirr, Finsternis lag über der Urflut und Gottes Geist schwebte über dem Wasser.

Gott sprach: Es werde Licht. Und es wurde Licht.

Gott sah, dass das Licht gut war. Gott schied das Licht von der Finsternis."

Wie merkwürdig, dass Menschen, die in äußerste Not geraten sind, immer noch von Schönheit berührt werden können. Wie verzweifelt war meine Situation – und doch bewegten mich diese Worte.

Ich musste das Licht anmachen, es war schon so dunkel. Ich würde den ganzen Abend weiter lesen.

Ich holte schnell einen Zettel hervor, erklärte das Fehlen des heutigen Ergebnisses, schrieb auf, warum ich so lange nach der Bibel hatte suchen müssen. Ich eilte die Treppen hinunter, wartete an der Klappe.

Fast im gleichen Augenblick öffnete sie sich, ein Teller mit zwei Butterbroten wurde von einer schlanken, fast durchsichtig scheinenden Hand hereingeschoben. Wie gern hätte ich, wenn auch nur ganz kurz, diese Hand einen Moment gehalten, über die Finger gestrichen. Ich legte meinen Zettel vor die Klappentür. Die Hand griff danach, das kleine Fenster zur Welt schloss sich. Ich eilte mit dem Teller die Treppe hinauf zu meiner Lektüre.

Das Licht

Ich betätigte den Lichtschalter, als ich oben im zweiten Stock angekommen war. Noch einmal. Es blieb dunkel. Wahrscheinlich war die Sicherung herausgeflogen. Ich stieg hinab zur ersten Etage. Überall das gleiche. Im Erdgeschoss ließen sich auch keine Lampen anknipsen. Das ganze Haus hatte also keinen Strom. Jetzt würde die Nacht mit ihrer Dunkelheit sich ins Unendliche dehnen. Es war noch nicht lange her, da hatte ich abends vor dem Fernseher gesessen und via Television in die ganze Welt geschaut.

Ich ging im Halbdunkel die Treppen hinunter ins Erdgeschoss. Hinten links die Sitzecke für die Kleinen. Hier hatte ich mit meinen Kindern Bilderbücher angeschaut, Geschichten gelesen, mich mit ihnen auf den Kuschelsäcken auf der anderen Seite hingelegt und geschmust. Von draußen, wie immer schon in den letzten Monaten, drang kein Laut herein. Die Stille hier drinnen wurde nicht einmal von dem Ticken einer Uhr unterbrochen. Das Lärmen und Herumtollen von Philipp und Anne hatte mich früher manchmal gestört. Was würde ich jetzt für ein einziges Wort von ihnen geben! Ich versuchte mich an den Duft ihrer Haare zu erinnern, an die Weichheit ihrer kleinen Hände.

„Männer weinen nicht", hatte Mama gesagt, als ich in den Stimmbruch gekommen war und erste Haare auf meinem Kinn sprießten. Wenn du mich jetzt sehen könntest, Mama, da wärst du ganz schön enttäuscht von deinem Buben. Aber Mama und auch sonst niemand auf der ganzen Welt würde sehen, wie meine Tränen flossen und endlich einen kleinen Teil des Schmerzes mit sich nahmen.

Ich musste auf dem Kuschelsack irgendwann eingeschlafen sein. Es war jetzt wieder hell in der ebenerdigen Halle unten. Ob die Hand schon mein Frühstück gebracht hatte? Ich erhob mich schnell und lief zur Tür. Stille. Ich war zu früh. Ich musste ihr sagen, dass das Haus kein Licht hatte. Ich würde sie zwingen, mit mir zu sprechen! Ich legte mich flach auf den Boden.

Es dauerte nicht lang. Ein Schlüssel drehte sich im Schloss, die kleine Tür öffnete sich. Eine Schüssel mit dunklem Brei. Dann mehrere Krüge mit Wasser. Die Hand zog sich schon zurück, da fasste ich sie, hielt sie fest. Die Hand versuchte sich zu befreien. Ich verstärkte meinen eisernen Griff. Ich hatte keine Eile. Hier drinnen hat man alle Zeit der Welt.

„Lassen Sie meine Hand los, bitte! Man hat Ihnen doch gesagt, dass Sie ein Kontaktverbot haben, nicht wahr? Man kann Sie bestrafen, wenn Sie sich nicht daran halten. Und darüber hinaus ändert es doch nichts", sagte eine Stimme. Hell, jung, angenehm. Die Stimme einer Frau.

Ein Welle von Glück überrollte mich. Worte, die ersten an mich gerichteten Worte seit einem Jahr!

„Setzen Sie sich, oder legen Sie sich. Machen Sie sich's in jedem Falle bequem, unser Gespräch wird einige Zeit dauern", entgegnete ich.

Galgenhumor, den hatte ich schon immer.

„Was wollen Sie von mir?"

„Sie sind seit einem Jahr mein erster Kontakt zur Außenwelt. Ich habe Informationen. Und Fragen."

Sie schwieg. Sie wartete.

„Gestern ist im ganzen Haus der Strom ausgefallen."

„Ja, es geht leider immer schneller. Man hat fast den Eindruck, alles vollzieht sich im Quadrat."

Was meinte sie damit?

„Die Wasserleitungen funktionieren auch nicht mehr. Deshalb habe ich Ihnen das Wasser mitgebracht."

„Was ist denn da draußen los? Warum halten Sie mich hier fest?"

„Das sind schon zwei Fragen. Sie haben nur die magischen drei, mehr nicht. Denken Sie über die letzte also gut nach. Wenn Sie mich nämlich noch lange festhalten, kommt morgen überhaupt niemand mehr zu Ihnen. Und Verdursten ist schlimm, Verhungern auch, aber da verteilt sich die Qual ein bisschen, weil's länger dauert."

Sie lachte, an der anderen Seite der Welt – aber fröhlich klang es nicht.

„Zu Ihren Fragen. Man hat Ihnen am Anfang Ihrer Internierung die Aussage des alten Mannes gegeben? Das mit den Zeigern der Uhr? Lesen Sie nach, dort finden Sie die Antwort. Und warum man Sie hier festhält? In den alten Weissagungen steht, dass in schlimmen Zeiten in jedem Kloster eine Person festgehalten werden muss. Das Kloster darf niemals auch nur einen Moment verlassen, leer sein. Dann wird die Zeit sich wieder wenden und alles beginnt von vorn. Sie sind also sozusagen die Hoffnung derjenigen, die Sie hier einsperren. Im Kloster Arnsburg hat's vor einem halben Jahrtausend schon einmal geklappt. Aber man geht in dieser Angelegenheit leider von ganz anderen Zeiträumen aus. Die Problematik hat ein etwas anderes Kaliber, nicht?"

Das Bibliothekszentrum stand auf den Fundamenten, den Ruinen des Augustinerklosters, das fiel mir ein. Aber wer verbarg sich hinter ‚man' und ‚sie'? Und wer war diese Frau? Sollte ich die dritte Frage dafür benutzen? Nein, es gab Wichtigeres!

„Man hat mir versprochen, dass ich morgen meinen ersten jährlichen Ausgang haben werde. Wann holt man mich ab?"

„Ich werde mich erkundigen. Falls ich morgen noch kommen kann, gebe ich Ihnen Nachricht. Wie gesagt. Im Moment rast alles nur so. Es hat sich unheimlich beschleunigt."

Sie riss an ihrer Hand. Ich ließ sie los – und für einen kostbaren Augenblick streichelte ich der Fliehenden die langen schlanken Finger.

Auf meine erbarmungswürdige Existenz war ein winziger Lichtstrahl gefallen. Einen neuen Tagesauftrag hatte sie nicht mitgebracht. Im uralten Text würde ich weiter nach Licht und Finsternis suchen.

Der Ausgang

Sie war an dem Tag noch zwei Mal gekommen. Aber ich hatte nicht gewagt, ihre Hand zu erfassen und sie festzuhalten. Ich wollte nicht im letzten Moment durch Fehlverhalten meinen Ausgang gefährden. Morgen würde ich endlich einen Eindruck gewinnen können. Ein erster Blick auf die neue Welt. Hoffentlich waren die Veränderungen auszuhalten. Ich war nicht sicher, dass ich noch viel ertragen konnte, ertragen wollte.

Auf den Ergebnisbogen des gestrigen Tages hatte ich geschrieben:

Wenn
    die Zeiger
        der Zeit
            sich wenden,
                wird
                aus Anfang
            Ende,
        gebiert das
      Licht
die Finsternis.

Gedichte schreiben im Angesicht des Schreckens! Welch komische Blüten solch ein Alptraum wie dieser treiben konnte!

„Adam! Adam!"

Eine Hand. Nicht zart jetzt, sondern zupackend, kräftig. Im Raum ist es dunkel. Neben mir Bewegung. Wem gehört diese Hand? Wer ist das? Wieviel Uhr ist es? Es wird Licht, plötzlich – elektrisches Licht.

Das ist gut so.

Die Frau im Raum kenne ich. Eva, so heißt sie, das fällt mir ein.

„Was ist denn mit dir los? Schau dich mal an! Dein Schlafanzug ist ja ganz durchschwitzt. Bestimmt hattest du eine Nachtmär!"

„Wie kommst du darauf?"

„Erst hast du nach meiner Hand gegriffen, dann hast du sie fast ausgerissen. Und geweint hast du auch, obwohl deine Mama dir immer gesagt hat, dass Männer nicht weinen dürfen."

Eva lacht.

Sie hat die Bettdecke zurückgeschlagen. Vermutlich wegen der Hitze, möglicherweise auch mit anderen Absichten?

„Was hältst du vom Paradies?", frage ich.

Eva blickt mich irritiert an.

„Der Ort, an dem Adam und Eva nackt und ohne Sünde waren, den meine ich."

„Und was ist mit den Kindern?", will sie wissen.

„Die lesen mit der Taschenlampe unter der Bettdecke in den neuen Büchern, die wir gestern im Bibliothekszentrum in Friedberg ausgeliehen haben. Komm!"

Paradiese wie diese genieße denn — ewige Welten sind eher selten.

Schauplatz: Klosterbau in Friedberg

Hier hat sich der Geist über die Jahrhunderte wohl gefühlt!

Das Bibliothekszentrum Klosterbau in Friedberg, blickt auf eine lange und wechselvolle Geschichte zurück. Es steht auf den Fundamenten des ehemaligen Augustinerklosters, wo fleißige und gelehrte Mönche lebten, lasen und schrieben.

Seit 1581 war dort die 1543 vom Rat der Stadt Friedberg gegründete Lateinschule untergebracht. 1697 errichtete man einen Neubau, den heutigen Klosterbau. Er diente weiter als Schule; 1868 wurde auf drei Stockwerke erweitert. Private Gewerbeakademie, Polytechnische Lehranstalt, Schulgebäude der Muster- und Realschule – das waren die Stationen, bevor 1974 nach fast zwei Jahrzehnten Leerstand der Abriss drohte. „Es mehrten sich aber die Stimmen, die eine Erhaltung des Gebäudes forderten. Der damalige Kulturamtsleiter und heutige Bürgermeister, Michael Keller, verfolgte den Plan, Stadtbibliothek und Stadtarchiv unter einem Dach zusammen zu führen."[8] 1991 wurde nach zwei Jahren Sanierung und Umbau das Bibliothekszentrum Klosterbau eröffnet. Der Geist hatte wieder eine Wohnstatt! Heute lesen und schreiben dort erneut fleißige Schüler und gelehrte Bürger! Übrigens: Nur die erwähnte Dachluke und die Klappe in der Eingangstüre sind keine Wahrheit, sondern Dichtung …

---

[8] Bibliothekszentrum Klosterbau, 17.08.2017

Die Rockenberger Burggespenster

Wer heute gemütlich im Biergarten des Roten Hauses seinen Rotwein trinkt, wer im burgeigenen Gemeindesaal eine Ratssitzung über die Ansiedlung von Windrädern in der Gemarkung Oppershofen verfolgt, wird kaum über Relikte einer anderen Zeit nachdenken, die sich in dem alten Gemäuerkomplex erhalten haben könnten. Um denen zu begegnen, die hier Gegenstand meines Berichts sein sollen, braucht es mehr Geduld und Durchhaltevermögen, als die Menschen des einundzwanzigsten Jahrhunderts gemeinhin aufbringen wollen.

Blicken wir zunächst auf die Ratsmitglieder und die Zuhörer, die sich in der Burg versammelt haben. Erschöpft von endlosen Diskussionen und fruchtlosen Auseinandersetzungen, werfen sie um zweiundzwanzig Uhr das Handtuch, um zu Weib, Mann, Kind, Katze, Hund oder Herd zurückzukehren. Schließt das Rote Haus, macht sich der Zecher oder Esser auf den Weg.

Ich bin eigentlich ein Früh-Zu-Bett-Geher. Es musste schon etwas Besonderes oder Absonderliches geschehen, um mich für Stunden von meiner Liegestatt fernzuhalten.

An dem betreffenden Abend hatte ich für die hiesige Lokalzeitung an einer Ratssitzung teilnehmen sollen. Gemeinderatssitzungen haben gemeinhin für Reporter ein großes Gähnpotential. Deshalb stecke ich mir immer ein, zwei *Dad Full, die Flasche* ein. Die aus Plastik natürlich, damit es nicht scheppert, klappert oder klirrt. An jenem Abend blieben meine mitgebrachten Getränke jedoch vorerst ungetrunken.

Die Bude war rappelvoll. Mindestens dreißig Zuhörer hatten sich auf den am hinteren Ende des Saales aufgereihten Stühlen versammelt. Der Lärmpegel war entsprechend. Mit einer Glocke rief der Vorsitzende zur Ordnung. Die Sitzung konnte beginnen.

In einer solchen Ratssitzung gehört es sich, dass die Zuhörer ihre Klappe halten. Des gemeinen Volkes Stimme hat zu schweigen. Das aber sahen die versammelten gemeinen Volksstimmenvertreter an jenem Abend anders. Streitpunkt war der Oppershöfer Wind.

Der Wind, der Wind, das stille Kind!

Als der Vorsitzende zum dritten Mal verzweifelt die Schweigeglocke bimmelte, geschah es. Hinter dem Kopf des Bürgermeisters[9] , der neben dem Vorsitzenden in der Mitte des Tagungsgestühls saß, machte er mir Zeichen.

---

[9] Ich nenne seinen Namen nicht, alles anonym. Seit ewigen Jahren derselbe, den kennt hier jeder. Wer als Auswärtiger seinen Namen wissen will, nimmt einen Berg aus dem Gießener Land, schneidet ihn hinten ab und setzt statt eines Vs am Anfang ein W. Geht doch, oder?

Ich wundere mich immer wieder über meine Reaktionen. Anstatt nun völlig von den Socken zu sein, weil hinter dem Kopf des Bürgermeisters ein Geist aufgetaucht war, blickte ich auf meine beiden Nachbarn zur Linken und zur Rechten. Hatten sie nichts gesehen? Es schien so. Sie hörten dem Sprecher – es war gerade einer von der CDU – zu, dann machten sie ein paar Zwischenrufe, worauf die Glocke wieder zum Einsatz kam. Also, irgendwie alles beim Alten.

Der Geist hatte jetzt auf dem Kopf des Vorsitzenden Platz genommen. Da sein Körper wie aus hellgrauen Spinnweben gewebt wirkte, war sein Ätherleib wohl so leicht, dass der Vorsitzende hiervon keine Notiz zu nehmen schien.

Der Spinnwebengeist machte mir Zeichen. Gottseidank bin ich durch meinen früheren Beruf Körpersprachenversteher. Er zeigte mit dem rechten Zeigefinger auf sein linkes Handgelenk, hob dann seinen rechten Mittelfinger in die Luft, winkte mir mit der rechten Hand auffordernd zu und zeigte mit dem Zeigefinger auf den Boden des Gemeindesitzungssaals. Das war ja leicht zu verstehen! Um ein Uhr treffen wir uns hier!

Was sollte ich in der Zeit bis dahin anfangen? Um Punkt zehn war in der Ratssitzung Ende Gelände, mit den anderen Teilnehmern verließ ich, hie und da scherzend oder mich in Smalltalk verlierend, den Sitzungssaal, verabschiedete mich per Handschlag von dem Bürgermeister sowie dem Vorsitzenden, winkte den Gemeinderatsmitgliedern der anderen Parteien stiekum zu, weil man sich für die Zeit nach der nächsten Wahl als freier Journalist rüsten muss. Dann schlenderte ich die Stufen der in den Jahrhunderten ausgetretenen Burgtreppe hinunter.

Das Rote Haus hatte noch geöffnet, ich bestellte mir nacheinander zwei Viertelliter Rotwein. Gegen dreiundzwanzig Uhr war ich seit einer halben Stunde der einzige Gast. Der Kellner tauchte immer wieder in meiner Nähe auf, der schwarzhaarige Chef ebenso. Das war ja leicht zu verstehen! Ich sollte gehen. Ich winkte Chef und Kellner zu, bezahlte beim Chef und verließ, etwas angeschickert, aber bester Laune, das Lokal. Jetzt trennten mich noch zwei Stunden von dem Ereignis, das, so war ich sicher, meiner journalistischen Laufbahn mit einem richtigen Knaller einen gewaltigen Upgrade verschaffen würde.

Als ich die Tür des Roten Hauses von außen geschlossen und die eine Stufe in den Burggarten genommen hatte, stand erst einmal eine Entscheidung an. Durch welches schmiedeeiserne Tor sollte ich das Gelände des Gasthauses verlassen. Links oder rechts?

Ich bin Journalist. Also begann ich mit dem Zählspruch an der linken Seite.

„Icke-acke-uh, aus bist du!"

Natürlich, wenn du links anfängst, endest du auch links. Ich wandte mich zum linken Tor, stieg vorsichtig die steinernen Stufen zum Hof der Rockenberger Burg hinunter.

Was fängt man mit angebrochenen zwei Stunden, zu nächtlicher Zeit, ohne eine schöne Frau im Arm, an? Der Mond schien helle, der Entschluss, er reifte schnelle. Als allererstes Geistiges in Gestalt der beiden Flaschen *Dad Full* nachfahren, dann langsam zur Wetter bummeln, das würde erfrischen und die Nachwirkungen der genossenen Getränke reduzieren. Immerhin war ich zu einem Meeting im Gemeindesaal bestellt!

Die guterhaltene Befestigungsmauer mit den dick-runden Türmen, an der man immer noch die Reste des Wehrgangs ausmachen kann, die rechteckige Burg mit den vier Geschossen im normannischen Stil – für einen kleinen Ort bemerkenswert. Ob ich eine Artikelserie über diesen geschichtsträchtigen Ort verfassen könnte?

Ich ließ das Burggebäude links liegen, schlenderte entlang der Wehrmauer. Ich würde über den Spielplatz zur Ziegelgasse gehen und dann von der Hauptstraße aus den ersten Weg hinunter zur Wetter nehmen. Dass ein bisschen Mut dazugehört, wenn man gerade einem Geist begegnet ist, bei Nacht seine Pfade entlang eines Flusses zu nehmen, ja, diesen sogar zu überqueren, das war mir bewusst. Aber schon meine erste Frau sagte in der Endphase unserer Ehe fast täglich zu mir:

„Du bist ein Held!"

Wegen der falschen Betonung auf dem ersten Wort haben wir uns aber schon vor vielen Jahren getrennt.

Eins, zwei … dreizehn metallene Stufen hinunter zum Spielplatz. Das Mondlicht auf der Burgmauer und den Schemen der Büsche, außer dem Geräusch meiner Schritte nichts zu hören. Totenstille – und niemand zu sehen.

Plötzlich ein eisiger Hauch, von hinten. Ich spüre ihn am Kopf, auf meiner rechten Schulter. Ich drehe mich um, schaue überall hin, sehen kann ich aber nichts. Das Gefühl, dass da oben auf meiner Schulter jetzt etwas sitzt, das bleibt jedoch. Die sprichwörtliche Angst im Nacken? Oder hab ich nur einen sitzen?

Die wenigen hundert Meter bis zum Flusspfad dauern in der Dunkelheit länger. Eine beträchtliche Weile ist schon verstrichen, als ich meinen Schritt endlich rechts zum Weg entlang der Wetter lenke. Immer noch sitzt mir irgendetwas auf der Schulter. Ich muss es loswerden, bevor ich die Wetterbrücke überquere. Jeder aufgeklärte Mensch weiß, dass ein Geist-Begleiter, den man mit ins Wasser oder über eine Brücke nimmt, einen für immer in seinen Fängen hat!

Ich fasste in meine Hosentasche. Da war es, mein Schweizer Offizierstaschenmesser mit dem Kreuz darauf. Gottseidank, das konnte helfen! Bedrohlich sind auch die Wassermänner, die in den Flüssen ihr Unwesen treiben. Wenn sie drei Mal niesen, suchen sie ein Opfer. Für beide Gefahren hatte ich aber, wie man ahnen kann, bereits einen Plan entworfen.

Nachts ist die Wetter schöner als am Tag. Das Mondlicht liegt auf der glatten seichten Wasseroberfläche. Die Äste der großen Weiden, die fast bis ins Wasser hineinreichen, säumen Ufer und Pfad. Dann und wann murmelt und gluckst der stille Fluss, wenn er an aufgeschichtete Steinhaufen stößt, dann schneller wird und Wellen wirft.

Was ist das? Ganz deutlich, ein Niesen. Dann noch einmal. Oh Gott! Gestalten, im Wasser, in der Wetter! Vier Lichter, auf und ab, Schemen. Ich laufe schneller, ich muss sehen, was da vor sich geht. Rennen ist auch wegen des Dings auf meiner Schulter günstig, vielleicht wird es bei dem Tempo herunterfallen?

Ich erkenne Menschen. Eine Frau, drei Männer sind es. Jeder trägt eine Lampe am Kopf. So, als wäre ihnen ein Licht aufgegangen. Gemeinderatsmitglieder! Die kenne ich. Dorfpartei, Grüne, SPD und CDU, alles paritätisch versammelt. Ich drücke mich an den Uferbüschen entlang, sie sollen mich nicht entdecken. Ich starte einen Lauschangriff.

Ich höre Gesprächsfetzen. „PR-Maßnahme, Vermarktung, begeistert", aber den Sinn dahinter, den kann ich nicht entschlüsseln, der bleibt mir verborgen. Die Prozession ist bei der Wetterbrücke angelangt. Jetzt steigen alle vier aus dem Fluss und schauen nach rechts. Wollen die ins Gefängnis?

Nein, kurze Diskussion, von der ich auch durch angestrengtes Horchen nichts mitbekomme. Der Zug wendet sich nach links, überquert die Brücke und biegt nach links in den jenseitigen Uferpfad ein. Ich nehme Anlauf, renne mit Karacho über die Wetterbrücke, werfe mein Schweizer Taschenmesser mit dem Kreuz drauf über meine Schulter und eile den Gemeinderatsmitgliedern hinterher.

Geschafft! Nichts krallt mehr in meine Schulter, meine Angst ist verschwunden und außerdem gab's ja nur zwei Nieser. Ich schlendere gemütlich den auf und ab tanzenden Leuchten hinterher.

Pünktlich mit dem Schlag der Turmuhr von der Rockenberger Pfarrkirche stehe ich vor der Tür zur Burg. Ich drücke die Klinke. Die Tür ist verschlossen. Was soll das? Ich habe eine persönliche Einladung! Ich höre Musik von da drinnen. Blasmusik, die Wettertaler Blasmusikanten? Oder geben die Geister ein Konzert? Die Musik reißt plötzlich ab. Stille.

Jetzt erst fällt mein Blick auf den Zettel an der Tür.

„Nicht-öffentliche Sitzung.

Der Bürgermeister"

So ein Reinfall! Nichts Konkretes, nur Vermutungen.

Als ich unserem Chefredakteur am nächsten Morgen trotzdem Vorschläge für einen Artikel über meine Erlebnisse und eine Artikelserie machte, fing er, statt sachlich darauf einzugehen, lauthals an zu lachen.

„Sie machen Ihrem Spitznamen mal wieder alle Ehre, mein Bester! Kennen Sie den überhaupt?"

Er wies mit dem Zeigefinger zur Tür. Das war ja leicht zu verstehen. Ich sollte gehen. Ich schied ohne Gruß.

Nix mit Artikel, Serie, Karriere-Upgrade. Ich griff danach, in meiner Jackentasche. Nicht immer, aber immer öfter.

Dad Full, die Flasche.

Das weiß hier jeder.

- ist eine Höhenburg auf einem kleinen Bergvorsprung am Rand des alten Ortskerns von Rockenberg
- wurde wahrscheinlich Anfang des 14. Jahrhunderts durch den Ritter *Johannes von Bellersheim* erbaut, der sich auch *von Rockenberg* nannte.
- Ab dem 17. Jahrhundert war die Burg nicht mehr (Adels)Wohnsitz, sondern diente längere Zeit als Stall- und Lagerfläche, in späteren Jahrzehnten(hunderten) als Branntweinbrennerei, Hofgut, Pferdelazarett und nach dem Zweiten Weltkrieg als Flüchtlingswohnheim.
- 1985 bis 1987 wurde die Burg renoviert und ist jetzt (wieder) im Besitz der Gemeinde Rockenberg. Sie wird u.a. als Sitz des Gemeindeparlaments genutzt.
- Das ehemalige kurmainzische Kellereigebäude (erbaut im 18. Jahrhundert) ist heute ein Gastronomiebetrieb, das „Rote Haus".

---

[10] Siehe ähnlich wikipedia, Burg Rockenberg, (17.08.2017)

Die Wetter

Bevor die Wetter ein Fluss wurde, war sie ein See.

Wenn man in den alten Büchern nach dieser Entwicklungsphase forscht, findet man jedoch nichts. Nichts Schriftliches gibt Aufschluss über den Augenblick, als aus Öde und Dürre die fruchtbare Au entstand, der der Fluss seinen Namen leiht.

Als nun vor einiger Zeit ein Wetterauer Bürger, der in Australien zu viel Geld gekommen war, eine hohe Prämie aussetzte für denjenigen, der das Rätsel der Fluss-Werdung löse, gab es Bewegung in der Sache. Ein Team fähiger Journalisten fand sich zusammen. Die ausgesetzte Summe war erheblich, modernste Forschungsmethoden konnten zum Einsatz gebracht werden.

Bereits der erste methodische Schritt, eine Befragung aller über Hundertjährigen in den fünfundzwanzig Städten und Gemeinden der Wetterau, förderte die Wahrheit zutage. Ein 104-Jähriger aus Münzenberg, den der für Rockenberg und Münzenberg zuständige Interviewer vom Fahrrad herunter befragen konnte, wusste Folgendes von dem Greis zu zitieren.

„Wann isch en klaane Buwe war, da had des jeder gewusst. Des hier in Minzebersch, unnerhalb von dere Bursch, en große unn tiefe See ge wese war[11].

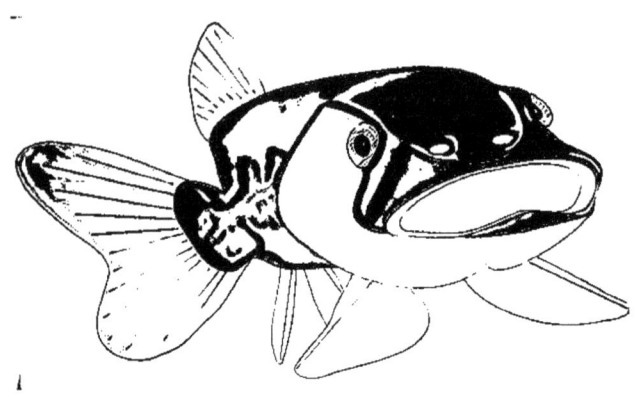

En Forellebock, der wo aanem Wässersche gelebt had, des wo im Taunus geleje war, der iss in dere See neigehübt.

Des wor desdeweesche, weil e Fee unn e Wassernimph orsch hinner em her gewese sinn. Unn der had sisch awwer so wild uffgefihrt, des der des ganze Ufer von derem See, des wo viele Jahrdausende gehalde had, kabudd gekrijet had. Unn da had sisch des Wasser von derem See von Minzebersch aus üwwer de ganz Gejend ergosse.

---

[11] Siehe ähnlich bei **Gerd Bauer**, Das unsichtbare Land, Societätsverlag, 2. überarbeitete Auflage 2005, S. 90.

Unn da hawwe de Leid nadirlisch gestaunt, unn de Nimph unn de Fee aach, unn da hawwe se gesajt:

‚Dunnerwedder nochemol.'

Unn widder annere, die wo Hochdeutsch gebabbelt hawwe, die hawwe gesajt

‚Alle Wetter.'

Unn des, was dadebei nauskomme iss, des iss und des nenne se heid de ‚Wedder unn de Werreraa'. Unn auf Hochdeutsch heißt des nadirlisch e bissche annerschter, nämlisch ‚Die Wetter und die Wetterau', gelle?"

Durch privatwirtschaftliche Aktivitäten und vorbildlichen Bürgersinn wurde somit eine wissenschaftliche Erkenntnis über Wesen und Ursprung von Wetter und Wetterau gewonnen, die seitdem eine immer breitere Öffentlichkeit hat erreichen dürfen. Man hörte sagen, dass RTL, Bibel-TV, ARD und ZDF sowie Arte in den vergangenen Monaten berichtet hätten. Nicht zuletzt hat dieses Projekt auch einen wichtigen Beitrag zur Kenntnisnahme und neuerlichen Verbreitung des Oberhessischen geleistet.

Was ist denn nun wahr über die Wetter?

- Die Wetter, Namensgeber für die Landschaft und den Landkreis Wetterau, entspringt im Vogelsberg zwischen Laubach und Schotten.
- Sie durchquert auf ihrem Lauf knapp neunundsechzig Kilometer und überwindet einen Höhenunterschied von zweihundertachtundfünfzig Metern.
- Dabei schluckt sie die Usa, bevor sie bei Niddatal-Assenheim in die Nidda mündet.
- Am Ende landet ihr Wasser in der Nordsee.
- In den Städten Bad Nauheim, Friedberg, Laubach, Lich, Niddatal und vielen Dörfern der Wetterau kann man die Wetter besuchen.

Autorenporträt: Ursula Luise Link

Auf ein Wort

Seit ich denken kann, faszinieren mich fantastische Geschichten. Deutsche Heldensagen, die griechischen, römischen und nordischen Sagen, Siegfried, Odysseus, Aeneas, Odin begleiteten meine Kindheit. Geschichte, das Schulfach, liebte ich von Anbeginn: Eintauchen in Welten, die längst vergangen sind. Ich hatte eine Reihe guter Lehrer und einen geschichtsinteressierten Vater – die Faszination blieb.

Wohl, weil ich so gern in der Schule gelernt habe, bin ich dann selbst Lehrer geworden. Englisch lernen und lehren, einen langen Zeitraum jedes Jahr Neues und aufs Neue, das war (nahezu) purer Spaß. Mein zweites Fach, Politik, konnte ich oft mit dem Unterrichten von Geschichte kombinieren.

Als ich junge Lehramtsreferendarin war, sagte ein alter, erfahrener Kollege zu mir:

„Ich tue, was mir Spaß macht – und kriege auch noch Geld dafür."

Seit dem Jahr 2000 schreibe ich; und seit 2016 veröffentliche ich Bücher. In 2016 unter dem Namen Luise Link drei Erzählbände in der Serie „Erzähl Dir Zeit" sowie eine Satire über das Self-Publishing „Self-Publisher-Blues". Im gleichen Jahr war ich Mitautorin von „Unterwegs in

Bad Nauheim – eine literarische Spurensuche". In 2017 folgten „Unterwegs in der Wetterau – Eine literarische Spurensuche –" als Co-Autor und die Co-Autorenschaft an dem hier vorgelegten Buch „Fantastische Landschaften: Die Wetterau".

Mein Schreibzeug habe ich immer dabei …

Rita H. Greve

Blick in die andere Welt
Öl/Acryl

*I*m Ried

*S*itz` auf der „WZ"
im Ried am Bach
und flirte
mit `nem Wasserfloh
oh ...

ein Fisch
schnellt aus dem Wasser
macht mir Konkurrenz –
der Floh wird schwach
ach ...

die Moral hier für den Floh:

*Willst du überleben
benimm dich nicht daneben!*

Rita H. Greve
(aus: „Mit dir ohne dich")

Geister

„Ich hole dich dann morgen in Friedberg ab", sagte Imke am Telefon.

„Wieso denn Friedberg?" fragte Freya. „Ich denke, du wohnst in Bad Nauheim."

„In Bad Nauheim halten doch keine Fernzüge mehr, die Zeiten sind längst vorbei."

„Na ja, ist ja auch bloß'n Kurbad, da will ja eh` keiner hin", frotzelte Freya. „Da scheinen wohl eure Stadtväter tüchtig geschlafen zu haben", stichelte sie weiter und lachte.

Die beiden Nordlichter hatten sich lange nicht gesehen und freuten sich auf ein paar gemeinsame Tage. Imke hatte auch schon Ideen für einige Unternehmungen, die Freya bestimmt gefallen würden. Für mystische Dinge war Freya immer zu haben. Sie feierten ausgiebig ihr Wiedersehen, und Imke schlug eine Wanderung vor, die Freya begeistert aufnahm.

Ganz früh am nächsten Morgen fuhren sie nach Blofeld-Dauernheim und parkten das Auto am Waldrand vor der Autobahnbrücke. Dann ging es in den Wald hinein und immer bergan auf den „Hohen Berg". Der Anstieg war gar nicht so ohne, und beide schnauften ganz schön. An einer Weggabelung kam endlich das Hinweisschild in Sicht: „Wildefraugestühl" oder, wie es im Dialekt dieser Gegend heißt, „De Welle Fraa Gstoihl". Ein merkwürdiger Name, hinter dem sich ein vermutlich von den Kelten angelegter Gerichtsplatz verbirgt. Einige Minuten waren noch zu laufen. Dann hatten sie die mehr als tausend Jahre alte Thing-Stätte erreicht.

Sie traten in den Steinkreis.

Imke setzte sich auf den Richterstuhl und versuchte sich vorzustellen, wie eine solche Verhandlung abgelaufen sein mochte mit Richter, Schöffen, Klägern und Beklagten. Zu Beginn hatte wohl der Richter den Haselstab, das Wahrzeichen des Gerichtes, vom Richtertisch aufgehoben und ihn am Ende der Verhandlung wieder zurückgelegt oder, je nach Verlauf der Verhandlung, hatte er den Stab auch zerbrochen.

Gedankenverloren schaute sie Freya an, die sich langsam mit ausgebreiteten Armen um sich selbst zu drehen begann und vor sich hin summte. Es hörte sich an wie ein Mantra – ein schöner Klang. Eine solche Melodie hatte Imke unlängst auf einem Mittelalterfest gehört.

Ein eigenartiges Gefühl beschlich sie ...
Es raschelte über ihrem Kopf.

„Freya", rief Imke, „schau mal hoch, deine Namensschwester ist eben gelandet!"

„Ja, ja", lachte Freya, „mach dich nur über mich lustig."

Ein Falke hatte sich direkt über ihren Köpfen niedergelassen.

Freya hatte nämlich ein Faible für die alten Götter. Vor allem die nordischen hatten es ihr angetan.

Nach der nordischen Mythologie besitzt Freya – die nordische Göttin der Liebe und Ehe oder auch Erdenmutter – ein Schwanenkleid und einen Mantel aus Falkenfedern. Sie kann sich in Vögel verwandeln und fliegen.

„Uff, mir ist ganz schwindlig." Mit einem Seufzer ließ sich Freya auf den Steinsitz neben Imke fallen und nahm einen Schluck aus ihrer Wasserflasche.

„Komm", sagte Imke, „es soll hier einen schönen Aussichtsplatz geben. Das schaffen wir noch."

Sie folgten einem schmalen Pfad, auf dem sie zu einem Aussichtspunkt gelangten. Von hier aus hatte man einen wunderbaren Ausblick über die Nidda-Aue zwischen Dauernheim und Ranstadt. Hier ließen sie sich zu einer ausgiebigen Rast nieder. Noch konnte man die Sonne aushalten. Sie waren sehr früh aufgebrochen, und es war noch nicht zu warm.

Mit merklich leichteren Rucksäcken machten sich beide dann wieder auf den Rückweg.

„Schau doch mal Freya, da ist deine Namensschwester wieder." Der Falke schien sie zu begleiten.

„So nah habe ich in freier Wildbahn noch keinen gesehen. Das ist die nordische Göttin, sie folgt dir. Sie will dich beschützen."

Freya lachte bloß. „Du spinnst."

Bergab ging es um einiges flotter voran und sie waren sehr zeitig wieder an ihrem Parkplatz angelangt.

„Das war eine schöne Tour." Freya streckte ihre Glieder und ließ sich auf den Beifahrersitz fallen. „Und jetzt? Es ist noch nicht einmal Mittag. Das Wetter ist herrlich! Und Zeit haben wir auch."

* * *

„Tjaaa – wir könnten nach Stammheim fahren. Dort gibt es ein Schloss aus dem 16. Jahrhundert. Und wir könnten dort eine Kleinigkeit zu Mittag essen."

„Prima Idee", meinte Freya begeistert. „Ich begebe mich voll und ganz in deine Hände, du bist in dieser Gegend zu Hause, also führe mich."

Bester Stimmung erreichten sie Stammheim, fanden problemlos einen Parkplatz und starteten einen kurzen Rundgang.

Zwischen der Straße am Hohlberg und der Weedgasse floss einmal der Gründelbach mitten durch Stammheim. Weil er in den neunzehnhundertsiebziger Jahren unterirdisch verlegt wurde, gibt es hier jetzt einen Wanderweg. Von oberhalb des Hohlberges bot sich ein schöner Blick auf die heute noch erhaltenen, für Stammheim typischen Giebelhäuser. Leider war das Schloss, da es sich im Privatbesitz befindet, nicht zu besichtigen. So mussten sie sich mit einem Blick über die Mauer in den parkähnlichen Garten zufrieden geben, dieser wunderschönen Kulisse für die Hochzeitsfeiern, die im Schloss ausgerichtet werden.

Und wieder begegnete ihnen ein Falke. Er saß hoch oben auf einem Mauervorsprung.

„Ob es wohl derselbe ist wie heute früh?", sagte Imke mehr zu sich selbst.

Auch Freya schaute ein wenig nachdenklich.

Sie beschlossen, erst einmal etwas zu essen und fanden im Garten des Stammheimer Hofes den richtigen Platz dafür. Ein Verdauungsspaziergang nach dem guten Essen musste dann einfach sein. Außerdem war der Tag einfach zu schön, um schon den Rückweg anzutreten. Und die Landschaft um Stammheim herum lohnte sich, zu erkunden.

Auf der Karte war ein Weg eingezeichnet, der hinauf zum Wald führte. Den nahmen sie. Auf der Höhe angekommen, bot sich ihnen ein wunderbarer Ausblick auf die Ebene unter ihnen. Saftig grüne Wiesen, goldschimmerndes Getreide und sonnengelbe Rapsfelder prägten das sanft gewellte Land. Etwas weiter weg, in Richtung Staden, breitete sich das Mähried aus, ein Naturschutzgebiet.

„Es soll eine alte Brücke am Pohlheimer Bach, einem kleinen Wasserlauf, geben. Die müsste doch zu finden sein. Der Weg führt weiter bis nach Ober-Florstadt. Aber so weit müssen wir ja nicht laufen. Man darf ja den Rückweg nicht aus den Augen lassen", meinte Imke.

So gingen sie es ganz locker an. Ein Reh sprang aus einem Getreidefeld, und mit lautem Geschnatter flogen einige Enten in Richtung Mähried.

Plötzlich rief Imke aufgeregt: „Freya, schau mal, da ist er wieder. Er folgt uns tatsächlich!" Sie zeigte nach oben. Aber der große Vogel drehte ab und war dann verschwunden.

Bald kam die Brücke in ihr Blickfeld, auf der ihnen jemand entgegen kam. Als sie näher heran waren, sahen sie, dass es eine Frau war. Ein leichtes helles Kleid umspielte ihre Figur, ihre Füße steckten in derben Sandalen, und auf dem Rücken trug sie einen halbrunden, geflochtenen Korb, eine Art Kiepe, wie man sie im achtzehnten Jahrhundert getragen hatte. Als sie die beiden Frauen erblickte, stellte sie ihren mit Grünzeug gefüllten Korb ab, wischte sich mit einem Tuch den Schweiß von der Stirn und meinte: „Wohin des Weges? Nach Florstadt und wieder zurück? Die Strecke würde ich heute nicht mehr laufen. Es wird noch sehr heiß werden heute Nachmittag, und es braut sich etwas zusammen, das spüre ich", orakelte sie.

„Aber es ist kaum eine Wolke am Himmel", entgegnete Imke, ungläubig lachend.

„Das kann sich schnell ändern, und heute wird es heftig werden, glaubt mir. Besser, man ist dann an einem sicheren Ort." Ihr Blick schien von weit her zu kommen, als sie erst Imke und dann Freya sehr lange anschaute.

„Vielen Dank für den Rat, aber wir werden es schon zurück schaffen", erwiderte Freya freundlich.

„Ja, mag wohl sein, vielleicht." Ein eigenartiges Lächeln huschte über das Gesicht der Frau. Sie nahm ihren Korb wieder auf und verabschiedete sich. Ein leichter Wind kam auf und spielte mit ihrem langen weizenhellen, leicht gewellten Haar, als sie davonschritt.

„Eine merkwürdige Person", meinte Imke. Freya nickte zustimmend. Sie setzten ihre Wanderung fort, genossen die Landschaft und dachten bald nicht mehr an die seltsame Begegnung.

Wären sie doch nur nicht beide weggedöst bei ihrer kleinen Rast am Wegesrand!

Wind ließ sie hochschrecken. Es fröstelte sie. Fast zwei Stunden waren vergangen. Inzwischen war die Sonne verschwunden, und in der Ferne türmten sich hohe Kumuluswolken auf, deren höchste an einen Amboss erinnerte. Ein typisches Gewitterzeichen. Beide dachten augenblicklich an die Frau von vorhin, die sie insgeheim für etwas spinnert gehalten hatten. Jetzt gewann ihre Vorhersage schlagartig an Bedeutung, und sie schauten besorgt zum Himmel. In der Ferne gewahrten sie Wetterleuchten und leichtes Donnergrollen. Der Wind frischte immer mehr auf. Das heraufziehende Wetter nahm tatsächlich ihre Richtung. Sofort umkehren – gar keine Frage!

Imke und Freya versuchten, dem Gewitter davonzulaufen, das unglaublich schnell herankam. Außerdem merkten sie jetzt auch, dass sie sich selbst wohl etwas zu viel zugemutet hatten mit zwei Wanderungen an einem Tag. Es begann zu regnen, und es wurde immer dunkler. Die Brücke war zwar jetzt in Sichtweite, aber doch noch ein ziemliches Stück entfernt. Sie fingen an zu laufen, was bei Gegenwind nicht gerade einfach war und erreichten, völlig außer Atem, nach einer gefühlten Ewigkeit die Brücke. Mittlerweile schüttete es wie aus Eimern und die beiden Frauen waren schon völlig durchnässt. Regensachen in den Rucksack zu packen, war ihnen an diesem Tag überflüssig erschienen. Sie hetzten den Hügel hinauf, das Gewitter über ihnen. Es blitzte und donnerte, der Regen entlud sich zum Wolkenbruch. Dazu war es so dunkel, dass sie kaum mehr etwas sehen konnten.

„Wir müssen den Wald erreichen, müssen in den Wald!" schrie Imke gegen den Sturm an. Mit letzter Kraft erreichten sie schließlich den Waldrand und verschwanden unter einer Gruppe dicht stehender Bäume. Total erschöpft lehnten sie sich an die Stämme, bis sie allmählich wieder zu Atem kamen.

„Wir müssen irgendwie unseren Weg durch den Wald zurück in den Ort finden", japste Imke, „auf der freien Höhe sind wir völlig ungeschützt. Ich glaube, in diese Richtung." Imke zeigte irgendwo in das Dickicht hinein. Freya war es egal. Hauptsache weiter. Es blitzte und krachte über ihnen, während sie durchs Unterholz stolperten. Einmal trafen sie auf einen schmalen Weg, der aber in eine Richtung lief, der sie nicht recht trauten. Sie entschieden sich, ihn zu kreuzen, und nach einer Weile lichtete sich plötzlich der Wald. Schwache Lichtscheine in der totalen Finsternis ließen sie hoffen, dass sie Stammheim erreicht hatten. Jetzt mussten sie nur noch heil zu ihrem Auto finden, allerdings ohne den Schutz des Waldes.

Triefnass und frierend gelangten sie auf eine Straße, hatten aber keine Ahnung, wo im Ort sie sich befanden. Jetzt begann es auch noch zu hageln. Dicht an den Häusern entlang suchten sie Schutz und versuchten, sich zu orientieren. Der Ort war wie ausgestorben.

„Imke, warte mal, mein Fuß, ich bin irgendwie umgeknickt", rief Freya und humpelte hinter Imke her.

„Stütz dich auf mich." Imke umfasste Freya und versuchte, ihr ein wenig Halt zu geben. „Ich weiß überhaupt nicht mehr, wo das Auto steht." Imke klang verzweifelt. Die Gassen hier kommen mir völlig unbekannt vor."

„Hierher, schnell!"
Eine Stimme rief aus der Dunkelheit.

Imke und Freya schauten in die Richtung aus der die Stimme kam. In einer geöffneten Haustür, im schwachen Lichtschein, stand eine Frau. Langsam gingen sie näher und trauten ihren Augen nicht.

Die Frau von der Brücke!

„Kommt herein, ihr seid ja ganz durchnässt. Ja, das ist ein schlimmes Wetter heute und viel Wasser auf die Mühle."

Imke und Freya nahmen das Angebot dankbar an. Außer der Frau schien niemand anwesend zu sein.

„Ihr seid ja total durchgefroren. Zieht eure Sachen aus, die müssen trocknen und setzt euch auf die Ofenbank."

Imke und Freya gehorchten und wickelten sich in die Decken ein, die die Frau ihnen brachte. Die Frau hängte die nasse Kleidung über den grünen Kachelofen, der warm war und allmählich auch die ausgekühlten Körper der beiden Frauen erwärmte. Dann brachte sie zwei Tassen Kräutertee. Imke und Freya nahmen mit Dank an, waren sonst aber erst einmal sprachlos. Wo waren sie denn hier gelandet? Der Raum sah etwas aus der Zeit gefallen aus mit Kachelofen und Ofenbank, mit den schweren Holzmöbeln und den Holzborden mit tönernem Geschirr. Sie wähnten sich ins frühe 19. Jahrhundert zurückversetzt.

„Lass mich mal deinen Fuß ansehen", bat die Frau, „schmerzt er sehr?"

„Es ist auszuhalten", erwiderte Freya.

„Das wird schon wieder, wir kriegen das hin", meinte die Frau und verschwand für eine Weile.

Imke sah Freya an und flüsterte: „Es ist alles so merkwürdig. Sie ist so freundlich und hilfsbereit. Aber wenn sie mich ansieht, geht es mir durch und durch. Sie ist hier und wirkt doch als wäre sie weit weg."

„Ja, sie ist eigenartig, wir sollten gehen, sobald unsere Sachen halbwegs trocken sind", flüsterte Freya.

Die Frau kam zurück.

„Leg deinen Fuß hier auf den Schemel", sagte sie. Dann nahm sie das Tuch aus der Schüssel, drückte es ein wenig aus und wickelte es Freya um den Knöchel.

„Was ist das?", fragte Freya.

„Das ist ein Arnika-Wickel, er lindert den Schmerz, und die Schwellung wird bald zurückgehen. Sehr zu empfehlen, wenn ihr jetzt vielleicht meinen Rat annehmen möchtet?"

„Ja, gern." Freya musste an die Begegnung auf der Brücke denken.

„Der Wickel ist einfach zu machen. Du nimmst vier Esslöffel getrocknete Arnikablüten, überbrühst sie mit etwa einem halben Liter Wasser und lässt sie zehn Minuten ziehen. Fertig. Ich kenne mich aus."

Die Frau lächelte hintergründig und strich Freya sanft über das fast trockene Haar.

Imkes innere Unruhe wuchs mehr und mehr. Sie sollten so bald wie möglich gehen.

Es waren etwa zwei Stunden vergangen. Der Wickel an Freyas Knöchel war mehrmals gewechselt worden, und die Schwellung fast weg. Schmerzen verspürte sie auch keine mehr.

Imke tastete nach ihren Sachen auf dem Kachelofen.

„Die sind ja beinahe trocken", rief sie erfreut und sah Freya durchdringend an. Freya verstand. Sie wickelten sich aus den Decken und schlüpften in ihre Kleider unter den wie abwesend wirkenden Augen der Frau. Imke lauschte angestrengt nach draußen.

„Es scheint, als wäre der Gewittersturm vorüber", meinte sie hoffnungsvoll. Dann sollten wir jetzt gehen. Es ist schon sehr spät geworden."

„Ja, das sollten wir", pflichtete Freya bei. Sie griffen nach ihren Rucksäcken, die sie zum Trocknen geleert hatten und packten alles wieder ein.

„Wir danken ganz herzlich für die Gastfreundschaft und Hilfe", sagten sie zur Frau gewandt, die sie mit ihrem seltsamen, fernen Lächeln ansah und dann langsam zur Tür begleitete.

Und tatsächlich regnete es nicht mehr. Auch der Sturm hatte sich gelegt. Ein fahler Mond lugte ab und zu durch die Wolkendecke.

„Links um die Ecke und dann immer geradeaus", wies die Frau ihnen den Weg.

Dann fiel die Haustür ins Schloss, und Imke und Freya atmeten erleichtert auf. Sie fühlten sich wie von einem Bann befreit. Jetzt konnten sie auch erkennen, wo sie sich befanden. Sie standen vor einer Mühle. Das viele Wasser ließ das Mühlrad ordentlich rauschen. Sie bogen um die nächste Ecke. Zu ihrem Erstaunen lag direkt vor ihnen das Schloss, und sie wussten, wo sie sich befanden.

„Hast du heute Nachmittag hier eine Mühle gesehen?", fragte Freya.

„Nein, aber vielleicht ist sie uns nur nicht aufgefallen", sinnierte Imke.

Wie dem auch sei. Sie wollten nur noch weg. Geradeaus durch die Schlossstraße. Dann müssten sie auf ihr Auto stoßen, dass sie in der Gießener Straße abgestellt hatten. Aber wieso hatte die Frau das wissen können?

„Da steht es!" Imkes Freudenschrei. Endlich nach Hause ...

* * *

Am nächsten Morgen erschien eine aufgeregte Freya am Frühstückstisch.

„Ich vermisse mein Handy, hast du es vielleicht irgendwo gesehen?"

„Nein. Hattest du es denn gestern dabei?"

„Ja, klar. Und mein blaues Tuch finde ich auch nicht ... Dann muss ich es wohl auf der Ofenbank liegen gelassen haben. Das darf doch nicht wahr sein! Um das Tuch geht`s mir nicht, aber das Handy hätte ich schon gerne wieder. Imke, wir müssen da noch mal hin – es tut mir so leid."

„Ist schon in Ordnung. Wir werden da schon heil wieder rauskommen", grinste Imke, die alles andere als begeistert war, noch einmal dieser merkwürdigen Person in der Mühle zu begegnen. Aber was blieb denn anderes übrig ...

Nach dem Frühstück machten sie sich also wieder auf den Weg nach Stammheim. Kurz vor der Schloss-straße stellten sie das Auto ab und gingen zu Fuß weiter. Am Schloss vorbei bogen sie rechts um die Ecke und blieben wie angewurzelt stehen.

„Hier waren wir doch gestern Abend. Aber wo ist die Mühle? Das war doch hier oder sind wir verkehrt? Vielleicht können wir jemand fragen." Imke war per-plex.

Sie rätselten noch eine Weile herum, bis sie einen älteren Herrn bemerkten, der in die Gasse einbog. Sie fragten ihn nach der Mühle.

„Eine Mühle?" Verwundert schüttelte er den Kopf. „Hier gibt es keine Mühle mehr. Es hat mal eine gegeben. Aber das ist lange her. Im Jahre 1817 wurde hier mal eine gebaut. Zwanzig Jahre lang war die Mühle in Betrieb, dann wurde sie abgerissen."

„Aber wir waren doch gestern Abend hier. Wir waren in den Gewittersturm geraten und die Frau von der Mühle hat uns ins Haus gebeten und uns geholfen. Ich habe mein Handy und mein Tuch auf

der Ofenbank liegen gelassen. Deshalb sind wir heute noch einmal hergekommen," erwiderte Freya.

Der Mann schaute verständnislos.

„Wo stand denn damals diese Mühle? Können Sie uns den Platz zeigen?"
„Ja, meinte der freundliche Herr, das kann ich wohl. Wir stehen praktisch davor. Kommen Sie mal mit." Er führte sie zwischen zwei Häuser auf ein Wiesenstück.
„Hier hat sie gestanden." Er zeigte auf Reste einer alten Steinmauer.
Imke und Freya waren fassungslos.

„Aber das ist doch nicht möglich", wiederholten sie ein ums andere Mal.
„Können Sie uns etwas über die Mühle erzählen? Wie sah sie aus, wer hat darin gelebt?" fragte Freya.
Gern kam der alte Herr ihrem Wunsch nach und erzählte, dass es eine von Wasser angetriebene ober-

schächtige Mahlmühle gewesen war, das heißt, dass das Wasser von oberhalb auf das Mühlrad lief.

„Sie sehen ja, dass das Gelände hier ansteigt. Wir stehen genau unterhalb des Teiches, aus dem die Mühle gespeist wurde." Er deutete den Hang hinauf.

„Der Bau war von den Herren zu Schlitz, denen das Stammheimer Schloss gehörte, genehmigt worden. Der Schlosspächter hieß Tobias Thaler. Er war auch Bürgermeister von Stammheim und Pächter des großen Hofgutes Stammheimer Schloss. Er durfte die Mühle für fünfzig Gulden im Jahr nutzen. Aber die Mühle soll in den letzten Jahren ihres Daseins schlecht gewartet worden sein und war reparaturbedürftig. Außerdem reichte die Wasserkraft irgendwann nicht mehr aus, um sie in Betrieb zu halten. Deshalb wurde sie schließlich abgerissen. Ob auch eine Frau in der Mühle wohnte, kann ich nicht sagen. Vielleicht findet man das irgendwann noch heraus", beendete er seinen kleinen Vortrag.

Ratlos standen sie da, als plötzlich von irgendwoher ein Telefon klingelte.

„Das ist mein Klingelton! Mein Handy!" Freya war wie elektrisiert. Sie rannte in Richtung des Klingeltones, bückte sich, und als sie sich wieder aufrichtete, hielt sie etwas Blaues in die Höhe. Es war ihr Tuch und, darin eingewickelt, das Handy. Freya ging ran, rief mehrmals:

„Hallo! Hallo!" Aber niemand antwortete ...

„Es lag zwischen zwei Steinen!", rief sie aufgeregt. „Jetzt müssen Sie uns glauben, dass wir in dem Haus waren. Hier sind Tuch und Handy, beides hatte ich gestern Abend auf die Ofenbank gelegt und vergessen, wieder in den Rucksack zu packen."

Der alte Herr schaute Freya ungläubig an, schüttelte dann verwundert den Kopf und murmelte:

„Es gibt wohl doch Dinge zwischen Himmel und Erde, die wir selbst mit all unserem Wissen nicht erfassen können." Er bedachte die beiden Frauen mit einem sehr nachdenklichen Blick; für verrückt schien er sie aber nicht mehr zu halten. Immerhin. Bald darauf verabschiedete er sich und trottete, immer noch kopfschüttelnd, vondannen.

Imke und Freya konnten es ja selbst nicht glauben. Sie starrten die Mauerreste an, berührten immer wieder die Steine zwischen denen Freyas Handy gelegen hatte und lauschten dem unterirdischen Geplätscher des Wassers an dieser Stelle.

Nach einer Weile meinte Freya nachdenklich: „Schutzgeister, Imke, du hattest recht."

Über ihren Köpfen ertönte der Ruf eines Falken ...

Danksagung

Mein Dank gilt Herrn Rolf Lutz, dem Leiter des Arbeitskreises Dorfgeschichte und Ehrenbürger von Stammheim für die freundliche und aufschlussreiche Führung durch Stammheim und die ausführlichen Informationen über das kurze Leben der Stammheimer Mühle.

Sehnsucht

Nimm mich jetzt
in deinen Garten
Melodien rauschen
in unseren Bäumen

sanft und kraftvoll
aus duftender Erde
beginnt das Wachsen
das Blühen

als gäbe es Luft
als gäbe es Licht
als gäbe es dich

Rita H. Greve
(aus: *„Mit dir ohne dich"*)

Hendrik, der Fotograf

Endlich mal ein Wochenende ohne Auftragsarbeiten, also ohne Stress, zu Hause in Ruhe frühstücken und ganz gemütlich die Zeitung lesen. Herrlich! Hendrik schlurfte zum Briefkasten, fischte die dicke Samstagszeitung heraus und machte es sich auf dem Sofa bequem, neben sich eine Kanne Kaffee und zwei Croissants. In eines davon biss er gerade genüsslich, als ihm beim Aufschlagen des Lokalteils eine Schlagzeile ins Auge sprang:

„Maler und Holzbildhauer Anton Froebel tot aufgefunden", lautete die Überschrift zu dem recht umfangreichen Artikel, den er mit Bestürzung las.

Wie Hendrik selbst täglich mit der Kamera, so war Anton Froebel als Maler und Bildhauer stets dem Naturphänomen Baum auf der Spur gewesen.

Froebel war mit Leidenschaft Maler gewesen. Naturmaler. Die stille Schönheit eines Feldrains hatte ihn fasziniert. Oder das Licht morgens und abends auf Bäumen, auf Wiesen, auf Teichen und Seen. Mit seiner Staffelei hatte er den ganzen Tag über die Wetterau durchstreift, um die wundervollsten Stimmungen festzuhalten. Ungeachtet seiner siebzig Jahre hatte es ihm gefallen, draußen zu sein, vor Ort mit den vielfachen Farben von Grün zu arbeiten und die Schattierungen genau zu beobachten. Ihn hatten alte, gefallene Bäume fasziniert. Deren Schwingungen hatten etwas in ihm ausgelöst, das er sich selbst nicht so recht erklären konnte. In seinem künstlerischen Schaffen hatte er sich mit dem Zustand, mit dem Leid, das in diesen abgestorbenen Baumkörpern sichtbar wurde identifiziert. Es hatte für ihn auch immer etwas Tröstliches gehabt.

Auch der kraftvollste Baum stirbt irgendwann – erleidet in seinem Leben Verletzungen, die mit den Jahren verheilen und verwachsen. Die Narben bleiben sichtbar, aber darüber auch wieder die Leichtigkeit frischer Triebe, die Lebensfreude. Das ganze Leben – ein Werden und Vergehen.

Hendrik hatte diesen Künstler gekannt. Er hatte ihn einige Male anlässlich von Vernissagen und Ausstellungen erlebt. Und er hatte ihn bei einem seiner Foto-Streifzüge quer durch die heimische Landschaft vor einigen Jahren zufällig getroffen. Jetzt erinnerte sich Hendrik an das Gespräch mit dem Maler und die skurrile Geschichte, die Anton Froebel ihm damals erzählt hatte.

Seinerzeit an einem Spätnachmittag war Hendrik auf Motivsuche mit der Kamera gewesen und in Blofeld an der Nordseite des Eichelberges hinaufgestiegen, auf den Hilsenrain zu, in Richtung der alten Wildkirsche.

Sie hat einen Stammumfang von fünf Metern, in der Krone misst sie 19 Meter, und sie soll etwa 150 Jahre alt sein. Es heißt, sie sei der älteste Kirschbaum

Deutschlands. Zu der Zeit hatte sie schon Anfang April in voller Blüte gestanden. Das wollte Hendrik sich einmal ansehen und im Bild festhalten.

Jemand anders hatte wohl an dem Tag dieselbe Idee gehabt.

* * *

Der Maler Anton Froebel hatte damals genau unter diesem Kirschbaum gesessen, den Hendrik fotografieren wollte, etwas abseits von seiner Staffelei.

„Jedes Schaffen braucht wohl eine Pause", hatte Hendrik lachend gerufen.

„Genauso ist es, kommen Sie, setzen Sie sich zu mir unter dieses herrliche Blütendach", hatte der Maler erwidert.

Hendrik dachte nach. Etwa vor fünf Jahren mag es gewesen sein, dass sie sich hier begegnet und unter dem Kirschbaum miteinander ins Gespräch gekommen waren, in dessen Verlauf Hendrik eine ganz unglaubliche Geschichte erfahren hatte ...

* * *

Die Geschichte des Malers

An einem sonnigen Tag im Spätherbst stand sie plötzlich in meinem Atelier. Wie sie hereingekommen war, weiß ich nicht – vielleicht durch den Garten. Das Türchen stand an schönen Tagen immer offen. Aber ich fragte auch nicht danach. Ich war fasziniert von ihrer Gestalt. Sie war schlank, ihr Körper schien biegsam wie eine Weidenrute. Helle, grünliche Augen ruhten in ihrem Gesicht wie zwei stille Teiche, umrandet von schön geschwungenen Augenbrauen. Ihr leicht welliges Haar hatte die Farbe von dunklem Kupfer.

Ich muss sie ziemlich entgeistert angestarrt haben.

Sie lächelte: „Ich bin Kora Demeter. Ihre Ideen von Bäumen wollte ich mir anschauen, wenn Sie erlauben."

Sie sagte Ideen von Bäumen, nicht Baumbilder oder Baumskulpturen. Sie ging nicht, sie schwebte im Atelier umher, schaute sich alles genau an, strich mit ihren Händen das eine oder andere Mal über eine meiner Holzarbeiten.

„Sie versuchen die Seele zu finden, nicht wahr? Wollen die Sprache der Natur ergründen. Ihre Fülle, ihre Lebendigkeit. Aber auch das Leid, die Vergänglichkeit und den Tod darin."

In der Art hatte noch niemand mit mir gesprochen – so direkt und unvermittelt. Und so auf den Punkt. Sie hatte nicht gefragt: „Was wollen Sie mit ihrer Arbeit ausdrücken, was bewegt Sie?" Sie hatte gewusst, was mich bewegt, wonach ich auf der Suche war. Ich muss sagen, sie hat mich tief beeindruckt.

Als sie ging, sagte sie mit einem unbeschreiblich fernen Ausdruck in ihren wassergrünen Augen noch: „Suchen Sie weiter nach der Sprache der Bäume – vielleicht finden Sie ihr Geheimnis."

Ich stotterte nur etwas wie: „Kommen Sie doch wieder. Sie wissen ja, wie Sie ins Atelier kommen."

„Den Herbst und den Winter verbringe ich nicht hier, aber im nächsten Frühjahr werde ich wohl wieder da sein", meinte sie. Es klang wie ein geheimnisvolles Versprechen. Dann war sie auch schon fort.

Den ganzen Tag über habe ich keinen Pinselstrich mehr getan, meine Gedanken kreisten ausschließlich um diese seltsame, faszinierende Person. Ich ertappte mich dabei, wie ich immer mal wieder ihren Namen vor mich hinmurmelte: Kora Demeter ... Kora Demeter ...

Der Winter kam und mit ihm das Ende meiner Maltage im Freien. Stattdessen arbeitete ich an einigen alten Baumrelikten, die ich bis zur nächsten Ausstellung im Frühjahr fertigstellen wollte. Die Malkurse liefen auch vorwiegend im Winter. Es war also genug zu tun, so dass meine Gedanken sich allmählich wieder in „normalen" Bahnen zu bewegen begannen.

Als der Frühling kam war ich, sobald es wettermäßig möglich war, sich längere Zeit mit Staffelei im Freien aufzuhalten, wieder unterwegs auf den hiesigen Streuobstwiesen. Es gefällt mir einfach, draußen zu arbeiten. Schon Anfang April blühten die Kirschen in dem Jahr in einer Fülle, dass es eine Pracht war.

Auf meinen Wanderungen habe ich vor Jahren die Wildkirsche entdeckt, unter der wir jetzt sitzen, und ich komme immer wieder hierher.

Aber der Reihe nach ...

Eines späten Nachmittags in jenem Frühling stand sie plötzlich wieder im Atelier, Kora Demeter. Und wieder hatte ich nicht bemerkt, wie sie hereingekommen war.

„Ihre gemalten Bäume gefallen mir", sagte sie leise, „sie sind voller Licht und Leben. In den Skulpturen steckt Sehnsucht, Traurigkeit, Leid und Todeshauch. Sie sind ein Suchender und wohl auch ein Träumer", hauchte sie und sah mich mit ihren tiefgründigen Augen wie aus weiter Ferne an.

Ein eigenartiges Gefühl nahm Besitz von mir, eine Art beklemmende Aufregung. Eine Mischung aus Hingerissenheit und Vorsicht, aber auch Neugier. Und so fragte ich sie, ob ich sie nicht nach Hause begleiten solle, denn bis sie alles angeschaut hatte, war es bereits dämmrig geworden.

„Oh, nein, ich komme überall, wo ich hin will, sicher hin", meinte sie, „aber Sie – Sie wären verloren ..."

Und damit war die Schöne auch schon zur Tür hinaus. Ich habe ihr noch hinterher geschaut, sie aber nicht mehr gesehen.

Das war alles sehr rätselhaft und brachte mich wieder einmal ins Grübeln ... Kora Demeter.

Was hatte sie damit gemeint – ich wäre verloren?

Ich beschloss, im Internet nachzuforschen, ob es diesen Namen in irgendeinem Telefonbuch gibt. Ich gab also die Daten ein. Den Nachnamen Demeter fand ich. Aber den Vornamen Kora dazu nicht. Stattdessen stieß ich auf Einträge zur griechischen Mythologie und anderen Überlieferungen.

Kora – oder auch Persephone, die Göttin der Wiedergeburt und des Todes und Tochter der Demeter, Göttin der Fruchtbarkeit und des Wachstums, deren Sitz nach der Überlieferung die Weide ist.

Kora Demeter! Ich war wie elektrisiert. Gleichzeitig erklärte ich mich für ziemlich verrückt, hier eine irgendwie geartete Verbindung anzunehmen. Allmählich begann ich an meinem Verstand zu zweifeln.

Als würde ich einem Wunschtraum hinterherjagen, fing ich an, nach und nach unsere Flussufer nach sehr alten Weiden abzusuchen. Weiden können achtzig, auch hundert Jahre alt werden. Was genau ich wollte, wenn ich fündig wurde, wusste ich noch nicht.

An der Wetter fand ich keine. Also bin ich weiter ins Laisbachtal und an die Nidda gefahren. Auch nichts. Ich hatte jedenfalls keine gesehen. Doch wie es der Zufall manchmal will, kam ich eines Tages kurz vor Ranstadt mit einem Kleingärtner ins Gespräch. Ich erzählte ihm von meiner Suche und erfuhr, dass es ganz in der Nähe noch eine alte Kopfweide geben soll. Ich machte mich also auf und gelangte zu dem mir beschriebenen Rad- und Wanderweg am *Alten Bahnhof*. Und tatsächlich. Nach nicht einmal zehn Minuten Fußweg entdeckte ich sie. Ein uraltes Relikt mit einer großen Höhlung im Stamm. Fantastisch! Ich setzte mich eine Weile auf die schon recht morsche Bank vor diesen Baumgreis und grübelte.

Ich hatte gelesen, dass die Weide die Fähigkeit besitzen soll, Krankheiten durch einen Zauberspruch auf sich zu nehmen. Man müsste sich in den hohlen Weidenstamm stellen und seine Krankheit mit einem Gebet „verbannen".

An solcherlei Dinge zu glauben, lag mir fern. Aber man kann es ja mal probieren, dachte ich mir damals. Vielleicht hilft es ja in irgendeiner Weise. Obwohl mir schon klar war, dass es, wenn überhaupt, nur funktionieren kann, wenn man ganz fest daran glaubt. Aber schaden konnte es ja nicht.

Ich stand also auf und steckte meinen Kopf in die Höhlung – für den ganzen Kerl reichte sie nicht – und hoffte insgeheim, dass mir die Weide meine wirren Gedanken abnehmen würde. Das klingt völlig absurd oder? Es tat sich natürlich auch nichts, jedenfalls nicht sofort. Hatte ich auch eigentlich nicht erwartet.

Insgeheim hoffte ich, dass die geheimnisvolle Frau mich noch einmal besuchen würde. Aber dazu müsste ich ihr wohl neue Bilder bieten. Mir war nämlich aufgefallen, dass sie immer nur dann gekommen war, wenn es Neues zu sehen gab. Und genau hier „lag der Hase begraben". Zu der Zeit war ich wie gelähmt, hatte eine Schaffenskrise, die ich wohl oder übel erst überwinden musste. Also füllte ich weiterhin meine Tage mit ausgedehnten Spaziergängen.

Eines Nachmittags im Spätsommer hatte ich mich auf meiner Wanderroute arg verschätzt und mich ziemlich verlaufen. Als ich endlich wieder meine Richtung heimwärts gefunden hatte und auf der richtigen Wegstrecke anlangte, war es schon ziemlich spät geworden. Der Weg durch die Felder, den Hilsenrain hinauf in Richtung Blofeld war dennoch gut begehbar. Ein voller Mond stand am Himmel und spendete ausreichend Helligkeit. Ich trabte also weiter bergan. Als ich den Hügel erklommen hatte, wollte ich meinen Augen nicht trauen. Mir stockte der Atem. Nicht etwa vom leichten Anstieg, sondern von dem, was ich vor mir sah.

Aus dem Stamm der alten Wildkirsche erwuchs eine wunderschöne Frauengestalt. Sie war nackt. Ihr Gesicht umrahmten Blätter, die im Mondlicht golden und kupfern schimmerten. Die Augen hielt sie gesenkt, ihren Mund umspielte ein leichtes Lächeln.

Metamorphose, Pastell: R.H.Greve

Sie stand etwas zurückgeneigt mit erhobenen Armen, verborgen im Geäst. Aber nein, falsch, Äste und Zweige waren ihre Arme. Ich erblickte ein Wesen

– halb Mensch, halb Baum. Und Sie haben es längst erraten, sie sah aus wie Kora Demeter!

Sie werden jetzt denken, der Alte hatte Halluzinationen. Das habe ich selbst auch gedacht. Und möglicherweise ist es auch so gewesen. Vielleicht war alles nur eine Täuschung oder ein Gebilde meiner Fantasie. Denn nachdem ich mir ein paarmal die Augen gerieben hatte, war die Erscheinung verschwunden.

Wie ich nach Hause gekommen bin an jenem Abend, kann ich heute nicht mehr so genau sagen. Aber meine Schaffenskraft und Kreativität waren nach diesem Ereignis wieder da. Das erste Bild nach langer Pause war natürlich meine Baumfrau. Ich hoffte insgeheim, dass sie jetzt wiederkommen würde, da es etwas Neues zu betrachten gäbe.

Seit dem Abend dieser wunderbaren Erscheinung im Kirschbaum bin ich in jeder Vollmondnacht hier, in der Hoffnung, das Ereignis würde sich wiederholen. Aber bis heute ist es nie wieder geschehen.

Kora Demeter ist nicht mehr in mein Atelier gekommen. Ich habe sie nie wieder gesehen.

* * *

Weil Hendrik dachte, etwas übersehen zu haben, las er den Zeitungsartikel noch einmal. Aber es waren keine weiteren Einzelheiten zum genauen Fundort erwähnt.

Gleich am Montag früh rief Hendrik in der Redaktion an. Er musste einfach wissen, wo und wie man den Maler aufgefunden hatte. In der Zeitung stand lediglich, ein Landwirt habe ihn auf einer Wiese liegend entdeckt. Es dauerte einige Zeit, bis derjenige ausfindig gemacht werden konnte, der mit dieser Begebenheit vertraut war und ihm Auskunft geben konnte. Hendriks Gesichtsausdruck wechselte von ernst zu erstaunt bis ungläubig. Bevor er, wie abwesend, den Hörer auflegte, sagte er nur noch: „Das ist wirklich sehr merkwürdig, ja, unglaublich."

Nachdenklich trat Hendrik auf die Terrasse. In seinem Garten stand auch ein alter Kirschbaum, nicht so alt wie der in Blofeld, aber an die achtzig oder auch ein paar mehr Jahre würde er wohl haben. Er mochte diesen Baum sehr und sah ihn plötzlich mit anderen Augen an. Er bedauerte, dass er den Kontakt zu Anton Froebel irgendwann verloren hatte und nahm sich vor, dieses Baumbild ausfindig zu machen. Denn was Hendrik soeben aus der Redaktion erfahren hatte, war ebenso fantastisch, wie die Geschichte Anton Froebels vor etwa fünf Jahren. Es war für Hendrik der mystische Schlusspunkt dazu.

* * *

Der Landwirt

Der Landwirt, der zu seinem Bauwagen am Waldrand unterwegs war, bemerkte jemanden, der unter der alten Wildkirsche saß. Es kümmerte ihn jedoch nicht weiter.

Erst als er etwa eineinhalb Stunden später, nach erledigter Arbeit, den Rückweg antrat und die Gestalt immer noch dort sitzen sah, stutzte er. Es war nämlich recht frisch an diesem Herbsttag und keine gute Idee, stundenlang auf dem kalten Boden im Gras zu sitzen. Also ging er nachsehen.

Der Mann – Anton Froebel – saß dort, Rücken und Kopf an den Stamm der alten Wildkirsche gelehnt. Seine Hände waren gefaltet, die Augen geschlossen, und er lächelte wie im Schlaf. Der Landwirt beugte sich zu ihm herunter und rüttelte ihn leicht an der Schulter, um ihn zu wecken. Aber Anton Froebel schlief nicht – er war tot.

Jetzt erst gewahrte der Landwirt etwas, das er in der ersten Aufregung nicht bemerkt hatte und das ihn in höchstes Erstaunen versetzte: Äste und Zweige des Kirschbaumes hatten sich wie schützend über den Toten gesenkt. Sie standen in voller Blüte – mitten im Herbst.

* * *

Anmerkung

In der griechischen Mythologie ist Kore bzw. Persephone die Tochter der Demeter bzw. Ceres (Göttin der Fruchtbarkeit und des Wachstums). Kore wurde von Hades, dem Herrscher der Unterwelt entführt. Demeter ging auf die Suche nach ihrer Tochter. In ihrer Verzweiflung entzog sie der Erde die Fruchtbarkeit, verdarb alle Samen und tötete das Vieh. Die Nymphe Arethusa bat Demeter, die unschuldige Erde zu schonen und verriet ihr, wo sich Kore befand. Demeter, nun nicht nur verzweifelt, sondern auch äußerst empört, trat darauf vor Jupiter und forderte von ihm die Rückkehr der Tochter. Der willigte ein, unter der Bedingung, dass Kore unten im Hades noch keinerlei Speise zu sich genommen habe. Demeter machte sich auf, die Tochter zu holen, doch das sollte ihr nicht gelingen. Kore hatte in einem Garten der Unterwelt einen Granatapfelbaum gesehen und von seiner Frucht gekostet, nur sieben Kerne. Aber Ascalaphus, ein Geschöpf der Unterwelt, hatte es gesehen und verriet sie. Zur Strafe verwandelte Kore Ascalaphus in einen Uhu.

Schließlich finden die Götter folgende Lösung: Sechs Monate lang muss Kore in der Unterwelt bleiben (Herbst/Winter) und sechs Monate lang ist sie bei ihrer Mutter auf der Erde (Frühling/Sommer).

Auf dem Land

*H*eute
war ich hamstern
weit aufs Land hinaus
ging ich
hamstern für die Seele

ließ mich fallen
in sattes Grün und Gelb
presste meinen Körper
fest an die Erde
machte mich ganz flach, ganz breit

ließ meine Haut
sich sattsaugen
atmete den flüchtigen Wind
trank gierig
Stille

fühlte mich
schwerelos leicht
war zugleich Erde und Himmel
und schon lange nicht mehr
so ganz mit mir

Rita H. Greve
(aus: *„Gedankenreise"*)

Autorenporträt: Rita H. Greve

Die *Autorin und Künstlerin* Rita H. Greve wurde in Geesthacht/Schleswig-Holstein geboren und lebt in Bad Nauheim.
Sie schreibt Gedichte und Kurzgeschichten.

Veröffentlichungen
„Gedankenreise"   - Prosa-Gedichte
„Mit Dir ohne Dich" - Prosa-Gedichte
„Wie ein Baum"   - Prosa-Gedichte und Fotografie
„Momente"   - Prosa-Gedichte und Fotografie
„RosenZeit"   Haiku und Fotografie
„Von Gestern nach Morgen"   -   Kurze Geschichten

Des Weiteren wurden Beiträge der Autorin in verschiedenen Anthologien und diversen Zeitschriften veröffentlicht. Außerdem ist sie Co-Autorin bei den Anthologien „Unterwegs in Bad Nauheim" sowie „Unterwegs in der Wetterau".

Als *Malerin* ist Rita H. Greve bekannt für ihre Arbeiten, die dem phantastischen Realismus zugerechnet werden können. Ihre Öl/Acryl-Portraits spiegeln – wie ihre Gedichte – „Seelenlandschaften" wider.

Auch der *Musik* gehört ihre Leidenschaft. Sie singt Jazz, Balladen und Blues in der Formation „Three in Motion". Mehr Informationen im Internet unter: www. Autoren für Bad Nauheim.de

Petra Zeichner

Die Alchemistin von Büdingen

Anno 1552

Margaretha duckte sich unter das offene Fenster. Die Glocken der Liebfrauenkirche schlugen zur Morgenhore, während die Jungen drinnen in der Lateinschule dem Lehrer zuhörten.

Stimmen näherten sich. Schnell kroch sie hinter einen Strauch Hecken-Rosen, der an der Hauswand emporwuchs. Zwei Jungen liefen ohne sie zu sehen vorbei und rannten in den Unterrichtsraum.

Dass sie sich einen Tadel des Lehrers anhören mussten, weil sie zu spät kamen, interessierte Margaretha nicht. Sie wartete auf das, was der Lehrer gestern angekündigt hatte. Eine für die Stadt Büdingen noch nie dagewesene Überraschung sollte es sein. Etwas, das für alle Menschen gut wäre, Krankheiten könnten besser behandelt werden.

„Nun da wir alle beisammen sind, will ich euch von der großen Überraschung berichten", sagte Heinrich Nötzell.

Margaretha richtete sich etwas auf, um besser hören zu können.

„Das Schloss bekommt einen Apotheker."

Die Jungen schwiegen.

„Wer weiß, was ein Apotheker ist?", fragte der Lehrer.

„Ein Zauberer", meinte einer.

„Ein Hexer", rief ein anderer.

Das Wort aber, das am häufigsten fiel, war Alchemist. Margaretha wusste es besser, aber sie wurde ja nicht gefragt.

„Wenn er ein Alchemist wäre, würde er auch den Stein des Weisen mitbringen und dann hätten wir wahrlich keine Sorgen mehr", sagte Nötzell.

„Was ist der Stein der Weisen?", dachte Margaretha. Als ob der Lehrer ihre Gedanken gehört hätte, sagte er:

„Das ist kein Stein, wie ihr vielleicht denkt, sondern eine Flüssigkeit, mit der der Alchemist alles in Gold verwandeln kann."

Die Schüler begannen zu tuscheln.

„Oder aber ein Mittel, das alle Krankheiten heilt", fuhr Nötzell fort.

Margaretha hatte genug gehört. Außerdem musste sie nach Hause um der Mutter auf dem Markt zu helfen. Sie rutschte auf die Knie und kroch ein Stück von dem Schulhaus weg. Dann stand sie auf und rannte zurück. Sie würde den Stein der Weisen finden, das war sie ihrem Bruder schuldig. Und sie wusste auch schon wie.

Ein kühler Luftzug wehte aus der Gasse, die von der Liebfrauenkirche her kommend auf den Schlossplatz führte. Margaretha fröstelte, obwohl es ein heißer Sommertag geworden war.

Sie schaute sich um. Der Zeidler bot seinen Honig feil, der Weber hielt seine groben Stoffe in die Luft und pries das Vlies an, am Stand der Gemüsefrau setzten sich drei Frauen lautstark über den angemessenen Preis für den Kohl auseinander. Eine Schar Gänse lief über den Platz und wirbelte Staub auf. Auch ihre Mutter feilschte mit einer Frau, die den Ziegenkäse gerne billiger hätte. Sogar ein Pferdehändler war diesmal da, einen solchen hatte sie noch nie hier gesehen. Hinter dem Marktplatz ragte das Schloss der Ysenburger empor. Nichts Beunruhigendes so weit.

Allerdings schenkte Margaretha ihren Gefühlen gerne Glauben. Sie trat hinter dem Stand der Mutter hervor, drehte sich aber noch einmal um.

„Mutter, ich schaue mich mal um."

„Ist recht", antwortete Elisabeth. „Aber bleib nicht zu lange, wir machen bald die Rechnung und dabei brauche ich dich."

Margaretha nickte und lächelte ihrer Mutter zu. Es freute sie, wenn sie helfen konnte. Sie erreichte das Ende des Marktes und spähte in die Gasse, die zwischen dem Haus des Schloss-Küchenmeisters und der Kirche im Schatten hinter einer Kurve verschwand. Von hier war der kalte Hauch gekommen. Jetzt spürte sie nichts mehr davon. Sie durchschritt die Gasse, umrundete die Kirche und kehrte zum Markt zurück. Die ersten Beschicker packten ihre Sachen zusammen, auf vielen Bänken und Tischen lagen Geldstücke, die nach der Zählung in Geldkatzen wanderten.

Da war es wieder, nur dieses Mal war es mehr als ein Luftzug. Etwas drückte Margarethas Brust zusammen, sodass sie heftiger atmen musste. Es kam aus der Gasse der Färber, die mitten auf den Markt mündete. Margaretha verlor keine Zeit. Sie lief von Stand zu Stand und rief jedem zu:

„Passen Sie auf Ihr Geld auf!"

Die Einheimischen schauten irritiert, griffen aber nach ihren Münzen und steckten sie in Beutel, die sie verbargen oder an ihre Gürtel hängten. Die Auswärtigen zauderten.

„Margaretha, was ist?", rief ihre Mutter ihr zu. Den Geldbeutel hielt sie fest an ihre Brust gepresst.

Da brach eine Horde berittener, maskierter Männer aus der Gasse der Färber hervor auf den Markt. Brüllend, Knüppel sowie Schwerter schwingend galoppierten sie auf den Platz und griffen im Vorbeireiten dort die Geldsäckchen ab, wo sie noch auf den Tischen lagen. Die Händler wichen zurück, die Leute auf dem Marktplatz sprangen erschreckt zur Seite. Alarmiert von dem Lärm liefen drei Stadtbüttel heran, die jedoch angesichts der Übermacht von sechs Bewaffneten in sicherer Entfernung Halt machten.

Margaretha, die sich hinter den Stand neben ihre Mutter geflüchtet hatte, tastete auf dem Holztisch nach einem großen Messer, das die Mutter zum Zerteilen des Ziegenkäses stets mitnahm.

„Lass das", flüsterte Elisabeth.

„Aber ich kann helfen", wisperte Margaretha.

„Dieses Mal nicht!"

Der Tonfall in der Stimme der Mutter signalisierte Margaretha, dass sie es besser bleiben ließ. Widerstrebend zog sie ihre Hand zurück.

„Die Ritter!", rief einer der Schergen.

„Rückzug", schrie ein anderer.

Vom Marstall her preschten sechs Burgmannen heran. Die Räuber rissen an den Zügeln, wendeten ihre Tiere scharf und jagten gen Mühltor, die Ritter auf den Fersen.

Während die Händler von auswärts so schnell wie möglich ihre Sachen zusammenpackten und auf die Wagen luden, standen die Einheimischen in Grüppchen zusammen und besprachen den Überfall.

„Wie kommt es eigentlich, dass Margaretha uns gewarnt hat?", wollte Barbara, die Bäckersfrau, von Elisabeth wissen. Etliche der Umstehenden nickten. Immer mehr Händler sammelten sich am Stand der Mutter.

„Genau, wie kommt das?", wiederholte der Zeidler. Er war ein Auswärtiger, ihn hatten die Diebe als einen der Wenigen um seine Einnahmen gebracht.

Margaretha holte Luft, um etwas zu erwidern, doch ihre Mutter legte ihr eine Hand auf den Arm.

„Du kennst sie doch", antwortete sie. „Ihr entgeht nichts. Sie wird etwas Verdächtiges beobachtet haben."

„Da kommt der Bürgermeister", sagte Barbara. „Er wird schon wissen, was zu tun ist."

Die Menge teilte sich und ließ Enders Stauffener vor, dem die drei Stadtbüttel folgten.

„Ihr Leut'", rief der Bürgermeister in die Runde. „Beruhigt euch."

„Beruhigen?", rief der Zeidler. „Mir fehlen alle Einnahmen von heute."

„Das ist bedauerlich. Aber ich versichere Ihnen, dass wir die Räuber dingfest machen. Unsere Burgmannen sind ihnen auf den Fersen."

„Und wenn sie sie nicht fangen?" Der Zeidler war noch nicht überzeugt.

„Ich werde den Grafen bitten, den Verlust zu ersetzen, jeden Heller."

Jetzt schwieg die Menge.

„Wie hoch ist der Verlust?"

„Vier Gulden", rief der Zeidler.

„Zwei Gulden, etliche Schillinge und dreizehn Heller", machte die Gemüsefrau geltend.

Noch zwei andere hatte es getroffen, aber in geringerem Ausmaß.

„Und jetzt müssen wir klären, wie die Räuber in unsere Stadt gekommen sind", sagte der Bürgermeister auffordernd in die Runde.

„Sie sind über die Stadtmauer geklettert", rief der Weber.

„Nein, einen Tunnel unten drunter durch haben sie irgendwo gegraben", behauptete die Gemüsehändlerin.

Der Bürgermeister schüttelte den Kopf.

„Unsere Stadt ist gut bewacht. Weder drunter noch drüber kommt jemand unbemerkt. Und woher hatten sie die Pferde?"

„Die Räuber müssen sich auf den Karren eines Beschickers hereingeschmuggelt haben."

Alle schauten Margaretha an. Sie löste sich von der Hand ihrer Mutter und trat einen Schritt vor.

„Wie kommst du darauf, Kind?", fragte der Bürgermeister.

Einer der Stadtbüttel flüsterte Bürgermeister Stauffener etwas ins Ohr.

„Du bist die Margaretha, die Tochter des Metzgers Caspar Schäfer?"

Margaretha nickte.

„Man hat mir schon von dir berichtet."

„Herr Bürgermeister, ich bitte um Entschuldigung." Die Stimme ihrer Mutter zitterte etwas. „Meine Tochter ist etwas vorlaut."

„Gute Frau, vorlaut oder nicht, die Idee Ihrer Tochter klingt logisch. Erzähl', Kind."

Margaretha ging an den Händlern vorbei bis in die Mitte des Schlossplatzes und deutete auf den letzten Stand kurz vor der Kirche.

„Heute Morgen stand dort ein Pferdehändler. Er hatte sechs Pferde dabei. Im Laufe des Tages verkaufte er sechs davon an Männer, die ich noch nie hier in Büdingen gesehen habe. Die Diebe waren auch zu sechst."

Margaretha glaubte, dass damit alles gesagt war.

„Und weiter?", fragte Stauffener.

Margaretha unterdrückte einen Seufzer.

„Mit den Pferden haben sie sich in der Gasse gesammelt, um mit ihnen flüchten zu können. In all der Aufregung hat niemand auf den Pferdehändler geachtet, der jetzt verschwunden ist. Und vorher sind sie mit auf Karren unter Heu oder Ähnlichem in die Stadt gebracht worden."

Ein Raunen ging durch die Menge.

„Sie ist doch erst zwölf."

„Genau, wie kann sie so schlau sein?"

„Ob das mit rechten Dingen vor sich geht."

Stauffener hob die Hand, um den murrenden Menschen Einhalt zu gebieten. Dann beugte er sich zu Margaretha hinunter.

„Wie ich gehört habe, hast du die Beschicker gewarnt. Woher hast du gewusst, dass die Räuber hier waren?"

Margaretha zögerte. Sollte sie die Wahrheit sagen? Dass sie es nicht gewusst, sondern gefühlt hatte?

Offenbar missverstand die Bäckersfrau ihr Schweigen.

„Vielleicht hat sie mit den Dieben gemeine Sache gemacht und hat zu guter Letzt kalte Füße bekommen und uns deshalb gewarnt!"

Das Geraune hob wieder an.

„Barbara!" Elisabeth stellte sich neben Margaretha und nahm sie bei der Hand.

„Meine Tochter würde so etwas niemals tun! Hat sie nicht auch dich vor dem Diebstahl bewahrt? Und wie oft hat sie dir und vielen von euch Rat gegeben." Ihre Mutter blickte streng in die Runde. „Das kann nicht euer Ernst sein."

Margaretha sah hier und dort zustimmendes Nicken, aber auch manchen skeptischen Blick.

„Hab keine Angst, Kind", sagte Bürgermeister Stauffener. „Erzähl' nur, wie es gewesen ist."

Margaretha holte Luft.

„Ich bin misstrauisch geworden, weil hier noch nie ein Pferdehändler gewesen ist. Auch verkaufte er alle seine Tiere, was ebenfalls ungewöhnlich war, denn die Käufer waren nicht in feinen Stoff gekleidet. Woher also sollten sie so viel Geld haben? Dann sah ich, als ich über den Markt schlenderte, in der Färbgasse eine Gruppe Pferde mit Reitern. Ich habe nur vermutet, dass sie etwas im Schilde führten und die Händler gewarnt. War das falsch?"

Sie versuchte so unschuldig und mädchenhaft wie nur möglich zu schauen, schob die Unterlippe etwas vor und nestelte verlegen an ihrer Schürze herum, die sie über dem bodenlangen Kleid trug.

Stauffener lächelte sie an.

„Du hast uns allen einen großen Dienst erwiesen, Kleine."

Und zu ihrer Mutter gewandt fuhr er fort:

„Gute Frau, ich lege für Ihren Mann ein gutes Wort bei dem Grafen ein. Wie ich hörte, braucht der Hofmetzger Unterstützung."

Elisabeth senkte den Kopf.

„Ich danke Ihnen, Herr Bürgermeister."

Die Leute zerstreuten sich. Margaretha packte die verbliebenen Ziegenkäse in die Kiepe und rückte den Holzschemel unter den Tisch.

Einige der Händler nickten ihrer Mutter freundlich zu. Doch die Bäckersfrau sagte, bevor sie ging:

„Wenn der Bürgermeister sich im Schloss für euch verwenden will, heißt das gar nichts. Freut euch nicht zu früh. Weiß doch jeder, dass der Stauffener am Rock des Grafen hängt."

Elisabeth antwortete nicht. Sie nahm Margaretha an der Hand und schritt erhobenen Kopfes über den Marktplatz davon in Richtung ihres Hauses.

„Barbara hat unrecht, Margaretha. Keiner von uns Bürgern hat so viel Einfluss im Schloss wie der Bürgermeister. Wir können zufrieden sein, wie der heutige Tag ausgegangen ist."

Doch Margaretha war nicht zufrieden. Sie hatte in den Gesichtern der Leute Neid gesehen. Ihre Familie besaß nun die Gunst des Grafen, und das wegen ihr. Damit alleine hätte sie leben können. Doch was sie wirklich wurmte war, dass sie so viel mehr wusste, es aber niemandem zeigen durfte. Ihr Vater hatte es ihr verboten, denn auf den Gassen und in den Wirtshäusern munkelte man von Hexen. Frauen, die mit dem Teufel im Bunde stünden und von ihm übernatürliche Fähigkeiten verliehen bekämen, Kinder verzauberten und Menschen krank machten. Es war ausgemachter Unsinn, was der Bischof erzählte. Und der Martin Luther war auch nicht besser. Aber selbst ihren Eltern konnte sie nicht erzählen, dass und vor allem woher sie all das wusste von der Reformation und so.

An diesem Abend kam Margarethas Gelegenheit früher als sonst. Alle gingen zeitig zu Bett. Die Mutter war von dem Tag auf dem Markt erschöpft; der Vater hatte in der Schirn auf dem Damm die seltene Gelegenheit gehabt, einen Ochsen zu schlachten, was besonders kräftezehrend gewesen war. Und so legten sich die Eltern schon vor Sonnenuntergang in ihr Schrankbett in der Stube im Erdgeschoss und schickten ihre Kinder nach oben, wo sich die drei eine Dachstube teilten.

Jacob und Michel ließen sich auf ihre Holzgestelle fallen ungeachtet dessen, dass diese nur mit dünnen Strohsäcken ausgestattet waren. Margaretha beneidete ihre Brüder nicht. Ihre Schule begann morgens um halb sechs und ging bis mittags. Dann mussten sie dem Vater auf dem Feld vor der Stadt helfen, wo er Gerste und Weizen anbaute. Anschließend ging es noch einmal in die Schule, von wo sie spät nachmittags zurückkamen. Und wenn ihre Mutter dann nicht auch noch Aufgaben für sie hatte – etwa Wasser in die Latrine im Hinterhof schütten, damit es nicht so stank – konnten sie ein wenig in der Stadt spielen.

Was für ein Glück aber war es, dass ihre Brüder wegen der harten Arbeit einen so festen Schlaf hatten. Selbst das flackernde Licht der Talgkerze weckte sie nicht auf. Sie stieg leise aus ihrem Bett und schlich sich zu ihnen hinüber. Mit einem gezielten Griff holte sie unter Jacobs Bett das hervor, worauf sie sich schon den ganzen Tag gefreut hatte.

Mit gerunzelter Stirn blickte ihr Vater sie vom Kopfende des Holztisches an, um den herum die Familie zum Frühstück in der Küche saß.

„Schluss damit, Margaretha. Wir haben dir schon oft gesagt, dass du dich wie ein normales Mädchen benehmen sollst."

„Aber ich ..."

„Glaubst du etwa, es fällt nicht auf, wenn du dem Sohn vom Müller plötzlich etwas erzählst von E ..."

„Die Fabeln des Erasmus Alberus", sprang sie ihrem Vater bei.

„Was auch immer. Mädchen lesen nicht so etwas. Und damit hat es sich."

Margaretha ärgerte sich. Das war ihr noch nie passiert, dass sie nachts beim Lesen eingeschlafen war. Dabei war das Buch viel spannender gewesen als Melanchthons lateinische Grammatik, die sie vorher gelesen hatte. Und dann hatte sie am Morgen auch noch ihr Bruder mit dem Buch in der Hand schlafend auf dem Bett gesehen.

„Wir meinen es doch nur gut mit dir", sagte der Vater nun versöhnlicher. „Wir machen uns Sorgen, wir wollen nicht, dass dir etwas passiert."

Er legte seine Hand auf ihre.

„Und ich bin dir auch dankbar. Wie ich hörte, steht unsere Familie in der Gunst des Bürgermeisters, weil du gestern auf dem Markt vor dem Überfall gewarnt hast. Letztendlich kam etwas Gutes dabei heraus."

Er holte tief Luft.

„Aber deine Vorahnung hat für viel Aufsehen gesorgt. Das musst du sein lassen, Tochter."

Die Mutter stand auf und schöpfte jedem aus dem Topf, der auf dem Rost über dem Herd stand, eine Kelle Gerstengrütze in die Holzschalen. Nur der Vater bekam einen Knust frisch gebackenes Brot und ein Stück Kochfleisch.

Eine kurze Zeit lang herrschte Stille. Margaretha rührte in ihrer Grütze herum. Ihr war der Appetit vergangen.

„Aber wenigstens uns kann sie doch die Fabeln erklären", sagte Jacob, ihr Zwillingsbruder. „Ich meine, wenn sie eh schon alles weiß."

„Ich verstehe das nicht", nörgelte der kleine Michel. „Sie braucht nur eine Buchseite anzuschauen und schon behält sie sich alles, was da steht."

Diesmal war es die Mutter, die ungehalten wurde.

„Wir werden darüber nicht mehr sprechen. Das war das letzte Mal heute."

Keiner sagte mehr etwas, jeder sah auf seine Schale. Nachdem der Vater zur Schirn und die Jungen zur Schule gegangen waren, packte die Mutter einen Berg schmutziger Wäsche in einen großen Korb und machte sich auf den Weg zum Waschplatz, der vor der südliche Stadtmauer am anderen Ufer des Seemenbaches war. Währenddessen sollte Margaretha Wolle spinnen.

Doch ein Faden nach dem anderen riss ihr ab. Wie kalt und dunkel es hier im Haus war! Eingezwängt stand es zwischen den anderen Häusern der Altstadt und trotzte dem Wetter. Das Fachwerk musste an einigen Stellen ausgebessert werden, durch das Strohdach tropfte ab und zu der Regen herein.

Sie öffnete das Fenster zum Hof, um ein bisschen Sommer in die Küche zu lassen. Den heimlichen Besuch der Lateinschule würde sie sich nicht nehmen lassen. Davon wusste niemand etwas. Aber die nächtliche Lektüre würde ihr fehlen. Ein stechender Geruch zog herein. Die Brüder hatten zwar Wasser in das Loch gekippt, das sie für ihre Notdurft benutzten. Doch natürlich half das ebenso wenig wie die Holzkiste mit dem Deckel, die ihr Vater drumherum gebaut hatte. Die Ziegen auf dem Stück Wiese auf der anderen Seite des Hofes trugen ihren Teil zu dem Gestank bei.

Margaretha warf das Fenster zu. Auch hier könnte sie helfen. In Ciceros Briefen hatte sie gelesen, dass … Sie hörte auf zu denken. Es hatte keinen Sinn. Niemand wollte ihr Wissen haben.

Sie schlüpfte in die Holzschuhe und lief aus dem Haus. Sie rannte und rannte, Tränen der Wut liefen ihr über die Wangen. Die Holzschuhe wurden ihr zu schwer, also schleuderte sie sie von den Füßen und rannte barfuß weiter.

„Wo willst du hin, Kind?", rief eine der Wachen, als sie atemlos am Untertor ankam.

„Zu meinem Bruder!"

„Das ist doch die Margaretha vom Metzger Schäfer", sagte die andere Wache. „Lass' sie durch."

Margaretha rannte durch das offene Tor und immer weiter, bis sie auf dem Friedhof an der Totenkirche ankam. An dem grauen Grabstein, auf dem der Name Johannes Schäfer stand, gestorben im Jahre des Herrn 1547, blieb sie stehen. Zwei Jahre nur hatte er gelebt. Wenn sie ihm doch hätte helfen können!

Obwohl sie gerade erst gekommen war, hielt sie es nicht mehr hier aus. Sie lief zurück in die Stadt, bis sie den Marstall auftauchen sah. Erst dann wurde sie langsamer.

Die oberen Hälften der Türen waren geöffnet, hier und da schaute eines der Pferde des Grafen heraus. Sie blieb stehen und hielt einem der Tiere ihre flache Hand hin. Es beugte den Kopf hinab zu ihr und blies ihr seinen warmen Atem durch die Nüstern ins Haar.

Zwei Wachen auf ihrem Weg zum Schloss gingen an ihr vorüber. Sie blieben am Hoftor stehen und unterhielten sich. So erfuhr Margaretha, dass die Räuber, die gestern ihren Markt überfallen hatten, den Burgmannen entkommen waren. Sie waren durch das Mühltor geflüchtet, hatten die Torwachen einfach niedergeritten. In dem Wald vor der Stadt gerieten die Ritter in einen Hinterhalt, weitere Ungesetzliche hatten dort gewartet. Die Übermacht war zu groß gewesen.

Was Margaretha allerdings danach hörte, vertrieb ihr die schlechte Laune.

Zusammen mit anderen Kindern und Erwachsenen stand Margaretha kurz vor Mittag am Rand der Straße, die durch das Untertor in die Stadt führte. Hier würde er hereinkommen. Sie war eine der ersten gewesen, deshalb stand sie in der ersten Reihe. So sehr hatte sie die Nachricht beflügelt, dass sie nicht nur mehr Vlies als verlangt gesponnen hatte, sondern auch den steinernen Fußboden in der Küche gescheuert und das Bett der Eltern gemacht hatte.

Endlich hörte sie das Geräusch von Hufen, die Torwachen ließen die Zugbrücke hinunter. Ein Wagen ratterte über die Holzplanken, die Menschen reckten ihre Köpfe.

Herein fuhr ein einzelner Wagen, der auf dem hinteren Teil einen hölzernen, geschlossenen Aufbau hatte. Auf dem Bock vorne saß ein Mann, bekleidet mit einem ledernen Wams über einer blauen, wadenlangen Leinenkutte. Er trug eine Ledermütze auf den schulterlangen, grauschwarzen Haaren und dunkelrote Lederstiefel. Margarethas Blick blieb an seinem Ledergürtel hängen, den sich der Mann um den Bauch gewunden hatte.

„Das soll er sein?"

„Wieso reist er denn ganz alleine?"

„Ich habe mir einen Apotheker anders vorgestellt."

Margaretha indes ließ den Blick nicht von dem Mann. Ein Apotheker! Ein Mann des Wissens in ihrer Stadt! Sie löste sich aus der Menge und lief noch neben dem Wagen her, als alle anderen schon längst das Interesse verloren hatten. Sie konnte sich nicht satt sehen an den Gerätschaften, die aus den kleinen Gürteltaschen herausragten. Was man wohl alles damit arbeiten konnte? Für welche Experimente waren sie gedacht?

Ein Hund lief bellend auf die Straße. Der Apotheker zügelte sein Pferd, doch der Hund hörte nicht auf das Tier anzubellen, das nervös den Kopf schüttelte. Margaretha ging auf den Hund zu, der sie drohend anknurrte.

„Aus!" Sie schaute dem Kläffer fest in die Augen. Der winselte, wich ein paar Schritte zurück und setzte sich hin.

„Brav", sagte sie, ging zu ihm und tätschelte seinen Kopf. Das Tier wedelte mit dem Schwanz.

„Du hast wohl gar keine Angst?"

Margaretha drehte sich um. Der Apotheker lächelte sie an.

„Wie heißt du?"

„Margaretha. Und wie heißen Sie?"

„Melchior Noll."

Er wandte sich wieder nach vorn. Wenn nicht jetzt, wann dann.

„Kann ich mit Ihnen bis zum Schloss fahren?"

Er drehte den Kopf und schaute sie mit hochgezogenen Augenbrauen an.

„Woher weißt du, dass ich zum Schloss fahre?"

„Die Wachen haben davon geredet und die ganze Stadt weiß es."

Der Apotheker klopfte mit einer Hand neben sich auf den Kutschbock.

Sie holperten über die gepflasterte Straße, bogen nach rechts ein und hielten auf den Damm zu. Dort angekommen stiegen sie von dem Wagen, damit das Pferd den Anstieg besser bewältigen konnte. Das Tier musste sich mächtig anstrengen, offenbar war der Wagen schwer beladen. Oben angekommen, stiegen sie wieder auf.

Drei Jungen kamen auf sie zugelaufen.

„Die Margaretha und der Apotheker", rief Jonathan, der Sohn des Müllers.

„Margaretha, was heckst du nun wieder aus? Willst du uns Medizin brauen?" Er lachte.

„Und warum nicht? Jedenfalls könnte ich das schneller lernen als du!"

Zum Apotheker gewandt sagte sie:

„Fahren Sie bitte weiter. Das sind nur dumme Jungs."

Die weitere Fahrt verlief ohne Unterbrechungen. Am Tor zum äußeren Schlosshof hielt Melchior Noll an.

Sie stieg ab.

„Danke, Herr Noll, dass ich mitfahren durfte."

„Gerne, Margaretha. Aber sag mir, bevor du gehst, kommt das öfter vor, dass dich die anderen Kinder hänseln?"

Sie nickte.

„Warum tun sie das?"

Margaretha erinnerte sich daran, was ihr die Eltern heute Morgen gesagt hatten.

„Ich darf nicht darüber sprechen."

Der Apotheker nickte.

„Dann will ich dich nicht bedrängen."

Er stieg ebenfalls ab und zog an einer langen Stange. Eine Glocke am oberen Ende der Tores ertönte.

Nachdem Noll wieder aufgestiegen war, sagte er:

„Ich muss heute noch in das Kloster Marienborn fahren und aus dem Garten der Nonnen Kräuter besorgen für eine eilige Rezeptur. Wenn die Kirchenglocke zwei Stunden nach Mittag schlägt, fahre ich vom Schloss los und nehme dieselbe Strecke zum Tor, die wir eben hergekommen sind."

Er nickte ihr zu. Verschwörerisch, wie es Margaretha schien. Da öffnete sich das Tor, Noll trieb sein Pferd an und fuhr in den Schlosshof.

Auf dem Weg nach Hause grübelte sie. Wollte er ihr zu verstehen geben, dass sie mit ihm kommen könnte? Warum sonst hätte er ihr von seiner Ausfahrt erzählen sollen? Ausgelassen hüpfte sie erst auf einem, dann auf dem anderen Bein die nächsten Schritte. Fast wäre sie über einen Welpen gestolpert, der vor ihr auf dem Boden saß. Er stand auf und humpelte zur Kirchenmauer, gegen die er sich drückte. Mit eingezogenem Schwanz stand er winselnd da und schaute sie an.

Margaretha schaute sich suchend nach einer Hündin um, doch konnte nirgends eine sehen. Der Kleine war abgemagert und als sie genauer hinsah, erkannte sie eine scheußliche Wunde an seinem rechten Hinterlauf.

Sicher würde er sterben, wenn nicht aus Hunger, dann an den Folgen der Verletzung. Sie begann leise zu summen, hockte sich zwei Schritte vor dem Welpen hin und streckte ihm ihre Hand hin. Es dauerte nicht lange, und er hinkte zu ihr hin, leckte ihre Hand und ließ sich dann mit einem Winseln in den Staub plumpsen. Unmöglich konnte sie ihn sich selbst überlassen. Sie nahm ihn auf den Arm.

Als Margaretha zu Hause ankam, stand die Mutter am Herd und rührte in einem Topf. Sie schaute sich nicht um.

„Da bist du ja. Das Mittagessen ist fertig. Der Vater und deine Brüder bleiben heute auf dem Feld, die Ernte beginnt."

Das hieß auch, dass die Lateinschule vorerst nachmittags nicht stattfinden würde. Wenn Erntezeit war, wurden alle Söhne auf den Feldern gebraucht. Doch Margaretha dachte daran, dass sie nun eine neue Wissensquelle hatte, wenn sie es geschickt anstellte.

Die Mutter drehte sich um.

„Was ist DAS?" Sie deutete mit dem Kochlöffel auf den kleinen Hund, den Margaretha immer noch in den Armen hielt.

„Mutter, der Kleine ist verletzt. Wenn ich mich nicht um ihn kümmere, stirbt er."

Wie zur Bestätigung winselte der Welpe jämmerlich.

Die Mutter ließ den Löffel sinken.

„Wie stellst du dir das vor? Soll er auch noch bei uns im Haus leben?"

Sie nahm die Kelle und schöpfte Suppe in zwei Holzschalen, die sie für sich und Margaretha auf den Tisch stellte. Dann schaute sie Margaretha streng an.

„Bis heute Abend und nicht länger. Bis dann musst du dir überlegen, wo du ihn unterbringen willst."

Margaretha legte den Hund auf die Holzbank und schlang ihrer Mutter die Arme um die Hüften.

„Danke."

Dann rannte sie hinaus in den Ziegenstall hinter dem Haus, packte die Arme voll Stroh und lief wieder ins Haus. Auf dem Fußboden neben der Holzbank bereitete sie dem Welpen ein Lager, auf das sie ihn legte. In eine Holzschale füllte sie Wasser und Ziegenmilch und stellte sie neben ihn. Sofort begann er zu trinken.

Sie setzten sich an den Tisch.

„So machst du den Fußboden wieder schmutzig, den du so schön gescheuert hast. Ja, das habe ich bemerkt. Und dass du mehr Vlies gesponnen hast, als du solltest, ist mir auch aufgefallen."

Margaretha nahm ein besonders großes Stück Lauch auf den Löffel und schob es in den Mund. Sollte sie der Mutter erzählen, dass sie den Apotheker kennengelernt hatte?

Das Strohdach hatte mehrere Löcher, zwei der Fensterscheiben waren zerbrochen. Mit dem Hündchen auf den Armen ging sie auf das kleine Haus zu. Es war ideal als Versteck für ihren verwundeten

Schützling. Die bewohnten Häuser standen in einiger Entfernung zu dem Unterschlupf, und da die Gasse vor der Stadtmauer in der Neustadt endete, hatte niemand einen Grund, bis zum Ende zu gehen. Niemand würde von dem etwas sehen, was sie hier vorhatte.

Kurz nach dem Mittagessen hatte sie das Haus verlassen. Der Mutter hatte sie erzählt, sie wolle im Wald nach Heilkräutern für den kleinen Hund suchen und anschließend nach einem Versteck, in welchem sie das Tier gesund pflegen könnte. Nur das letzte stimmte. Dass es in dem Wald nicht die Kräuter gab, die sie brauchte, wusste Margaretha bereits. Doch ihre Mutter sollte nicht wissen, woher sie die heilenden Pflanzen bekommen wollte.

Mit einem Fuß stieß sie die Tür auf. Staub und Sand rieselten ihr ins Haar. Die Sonne schien durch die Löcher im Dach und warf Muster auf den Fußboden der Hütte. Margaretha setzte den Welpen ab und bereitete ihm ein Lager aus Stroh und einem Getreidesack. Der Fußboden war nur noch zum Teil mit Steinplatten belegt, vermutlich hatten andere Bewohner einen Teil herausgerissen, um sie in ihren eigenen Häusern zu verbauen.

Die Kirchenglocken läuteten zur zweiten Stunde nach Mittag. Margaretha hockte sich vor ihrem Hund hin und kraulte seinen Kopf. Seufzend legte sich der Welpe auf die Seite und streckte seinen verletzten Lauf von sich. Sie hatte die Wunde zwar vom gröbsten Dreck gereinigt und ausgewaschen, befürchtete aber, dass sich schon einiges davon in seinem Blut befand.

Auf dem Weg hierher hatte sie in einer der Nachbargassen einen Ziehbrunnen gesehen. Dort füllte sie die Holzschüssel, die sie mitgebracht hatte und stellte sie neben das Krankenlager. Dann machte sie sich auf den Weg.

Der Wagen rumpelte durch das Untertor hinaus. Durch einen Schlitz im Holz sah Margaretha die Torwachen. Dann zogen Büsche und Bäume an ihr vorbei, auf den Feldern arbeiteten die Bauern. Dort irgendwo mussten auch ihr Vater und ihre beiden Brüder sein.

Nachdem sie den Wald erreicht hatten, hielt der Wagen an und der Apotheker öffnete die Tür am hinteren Ende des Wagens.

„Ich glaube, dass du dich zu mir nach vorne setzen kannst", sagte der Apotheker. „Im Wald ist es einsam."

Sie kletterte aus dem Wagen hinaus und nahm neben dem Gelehrten Platz. Er klatschte mit den Zügeln, das Pferd zog an. Eine Weile holperten sie über den schmalen Weg, der sie zum Kloster Marienborn bringen würde. Es war nicht nur einsam im Wald, sondern auch düster. Nur hier und da fielen Sonnenstrahlen durch das dichte Laubdach. Sie wusste, dass sie mutig war, aber hatte ihr heimlicher Ausflug etwas mit Mut zu tun? Margaretha schaute den Mann verstohlen an. Dann hielt sie es nicht mehr aus.

„Wieso nehmen Sie mich mit?"

„Wieso wolltest du mit?", fragte er zurück.

„Mein Hund braucht dringend eine Heilpaste, die Kräuter gibt es nur im Klostergarten, ich brauche

Spitzwegerich und Huflattich. Huflattich wächst im Frühjahr, aber getrockneten Huflattich gibt es dort auch jetzt, er stillt die Blutung und die Wunde schwillt ab, Spitzwegerich blüht zurzeit, er macht, dass die Wunde zuwächst und …"

Melchior Noll lachte.

„Schon gut, schon gut, ich glaube dir, dass du viel weißt."

Dann wurde er ernst.

„Ich hatte auch einmal eine Tochter, die war ungefähr so alt wie du jetzt, als sie starb." Er atmete tief ein. „Die Pestilenz hat sie geholt."

Margaretha schwieg betroffen.

„Du erinnerst mich an sie. Sie hatte ebensolche langen Haare, die auf den ersten Blick braun ausschauten, im Licht der Sonne aber rötlich schimmerten. Und sie wollte auch alles wissen."

„Ich weiß nicht alles, aber ich weiß sehr viel. Doch meine Eltern wollen nicht, dass ich lerne. Auch soll ich nicht zeigen, was ich weiß", sagte sie zornig.

„Wenn ich das nicht zeigen darf, dann kann ich auch nicht helfen. Meinem Bruder Johannes durfte ich auch nicht helfen. Er hatte sich an der Sense des Vaters geschnitten, die Wunde schwoll an, das ganze Bein wurde dick und heiß. Dabei wusste ich damals schon, wie ich das Fieber hätte bekämpfen können."

„Ich bin mir sicher, dass es deine Eltern nur gut mit dir meinen."

Der Gelehrte strich ihr mit einer Hand über den Kopf.

„Es wird viel geredet seit einiger Zeit, vor allem über Mädchen und Frauen, die angeblich zu viel wissen."

Eine Zeit lang holperte der Wagen durch den Wald. Dann lichteten sich die Bäume und sie fuhren an bestellten Feldern vorbei, Apfelbäume säumten ihren Weg. Durch einen mächtigen Torbogen fuhren sie in den Innenhof des Klosters.

Es wirkte ausgestorben. Drei große Gebäude gehörten zu dem Gehöft, doch nirgendwo war eine der Nonnen zu sehen. Laub von vergangenen Jahren hob sich in einer Windböe vom Boden und segelte wieder hinab.

Der Apotheker stieg vom Bock und schritt zu der Eingangstür des am nächsten gelegenen Gebäudes. Mit dem eisernen Türring klopfte er fest dagegen. Nichts rührte sich.

Margaretha sprang ebenfalls hinunter und lief auf die Wiese. Unter den Apfelbäumen lagen vermoderte Früchte, das Gras reichte ihr bis zu den Oberschenkeln. Eine mannshohe Mauer grenzte an das Gebäude zu ihrer Rechten. Durch die eiserne Eingangspforte sah sie eine Nonne im Garten arbeiten.

Sie rief den Apotheker, gemeinsam gingen sie in den Garten. Die Ordensfrau richtete sich auf und strich ihren schwarzen Überwurf über der weißen Kutte glatt.

„Seid gegrüßt, gläubige Frau. Wir sind auf der Suche nach den erlesenen Heilkräutern eures Gartens. Ich bin der Schlossapotheker von Büdingen."

Der Apotheker machte mit dem Arm eine weit ausholende Geste, wie um den gesamten Garten zu umfassen. Der allerdings war in einem bedauernswerten Zustand. Überall wucherte Unkraut, Margaretha konnte kaum erkennen, welche Pflanzen hier wuchsen.

„Ich befürchte, dass ihr den Weg vergebens gemacht habt", sagte die Nonne. „Wir sind nur noch acht Schwestern hier, die Reformation blutet unser Kloster aus. Wir können gerade noch das anbauen, was uns selbst für das Leben reicht. Den Kräutergarten haben wir vor Jahren schon aufgegeben."

„Haben Sie keine getrockneten Kräuter?", fragte der Apotheker.

„Nur noch wenige. Welche brauchen Sie?"

„Vor allem Himmelsbrand und Mädesüß. Der Graf leidet schon lange unter beträchtlichen Rückenschmerzen."

Margaretha zupfte ihn am Ärmel.

„Außerdem Spitzwegerich und Huflattich. Für den Hund meiner jungen Schülerin."

Margaretha lächelte die Nonne an. Doch die schüttelte bedauernd den Kopf.

„Leider können wir Ihnen mit keinem davon dienen."

Margaretha erschrak. Und ihr Hund? Doch da fiel ihr ein, was viel besser war als Heilkräuter.

Der Apotheker setzte sie in der Neustadt-Gasse ab, an deren Ende das verlassene Haus stand. Die Fahrt über hatte sie sich einen Plan gemacht.

„Was tun Sie ohne die Kräuter?", fragte sie ihn jetzt.

116

„Der Graf wird mit den Rückenschmerzen leben müssen, bis ich die Medizin mit Zutaten von woanders zubereiten kann", sagte er. „Es tut mir nur Leid um deinen Hund."

„Oh, das muss es nicht. Ich weiß, wie ich ihm helfen kann."

„Ach! Und wie?"

„Ich finde den Stein der Weisen. Dafür brauche ich Ihre Hilfe."

„Woher weißt du von dem Stein der Weisen?"

Margaretha berichtete ihm von ihren heimlichen Besuchen der Lateinschule und von ihren nächtlichen Lektüren. Sie war sich sicher, dass er ihr helfen würde. Im Geiste sah sie sich bereits in seiner Alchemistenküche Tinkturen brauen.

„Margaretha, ich bin kein Alchemist. Ich bin Apotheker. Ich lese die Schriften des Paracelsus und nicht die Tabula Smaragdina."

„Sie kennen das Buch? Sie wissen, von wem ich es bekommen kann?"

„Natürlich. Woher weißt du schon wieder davon? Ach, was frage ich überhaupt. Ist es dir wirklich so wichtig?"

Margaretha nickte heftig.

„Ich weiß, dass ich ihn finden werde."

Melchior Noll seufzte.

„Komme heute Abend nach dem Komplet in die Gasse hinter der Liebfrauenkirche. Ich werde dir das Buch dort geben."

Er wendete seinen Wagen, drehte sich aber noch einmal um.

„Sei vorsichtig, bei allem, was du in dieser Sache tust."

Sie nickte, winkte ihm zu und rannte zu ihrem Versteck. Der kleine Hund lag auf der Seite. Atmete er überhaupt noch? Sie kniete sich neben ihn, legte eine Hand auf seinen Bauch – sein Leib hob und senkte sich sachte.

Neben den Getreidefeldern hinter dem Schloss wuchsen Ringelblumen. Das würde zumindest die Krankheit etwas aufhalten. Doch bis zur Vesper hatte sie zu Hause zu sein, das würde sie nicht schaffen, den Brei bis dahin fertigzustellen. Aber danach ... Er müsste doch nur noch so lange durchhalten, bis sie das Allheilmittel hergestellt hätte!

Sie ging über den Damm zurück nach Hause. Die Familie saß schon für das Abendessen um den langen Holztisch versammelt, als sie die Tür aufmachte. Heute gab es für alle Kochfleisch und Pastinaken, damit der Vater und die Brüder nach der schweren Arbeit auf dem Feld wieder zu Kräften kamen.

Unruhig rutschte Margaretha auf der Holzbank herum. Wenn sie nachher noch weggehen wollte, musste sie die Eltern wohlwollend stimmen. Schon beim Hereinkommen hatte sie die vollen Wäschekörbe gesehen, die am Treppenaufgang standen.

„Mutter, soll ich nach dem Essen die Wäsche legen?"

Elisabeth nickte.

„Das wäre mir eine große Hilfe. Ich musste heute noch Brot backen für den Markt morgen. Deshalb bin ich noch nicht dazu gekommen. Du warst lange unterwegs. Wie geht es dem Hund?"

Margaretha schaute erschrocken zum Vater.

„Keine Sorge, er weiß es."

„Ja, ich weiß Bescheid. Allerdings halte ich das nicht für gut. Wenn das wieder herauskommt."

„Na und? Dann pflegt sie eben ein krankes Tier. Was ist dabei? Lass sie es tun, Caspar. Es kommt ihr zupass, eine Aufgabe zu haben, um die sie sich ganz alleine kümmert. Ich habe immer das Gefühl, dass sie viel zu klug ist für uns."

„Vielleicht willst du unsere neue Lehrerin werden?" Jacob grinste sie an.

Margaretha ignorierte seine Worte.

„Ich muss später noch einmal nach dem Hund schauen. Er braucht einen Verband aus Ringelblumen, die finde ich hinter dem Schloss."

„Sei zurück, bevor es dunkel wird", sagte ihr Vater. „Wo hast du ihn untergebracht?"

„In einem alten Stall", log Margaretha und war froh, dass die Eltern in dieser Sache nicht weiter nachfragten.

„Na gut, Tochter. Ich erlaube es dir. Aber nur, wenn du mir aus dem Keller einen Krug Most holst."

Ihr Vater hob im gespielten Ernst den Zeigefinger.

„Mach ich, Vater."

Der Auftrag kam Margaretha gelegen, ersparte es ihr doch eine Ausflucht zu suchen, um das zu holen, was in dem Keller außerdem lagerte. Sie stand auf und ging die vier Stufen in den Hinterhof hinunter. Von dort führte eine Luke in den Keller. Gebückt ging sie hinein. Der Most stand am hinteren Ende, wo die Decke des Kellers noch niedriger wurde. Sie musste auf allen Vieren weiterkriechen und stieß sich doch den Kopf an einem Stein, der nach unten hinausragte.

„Verfluchter Kriechkeller", schimpfte sie.

Nachdem sie den Krug mit dem Most nach draußen gebracht hatte, kroch sie erneut hinein und nahm eine Zinnschale mit Schweineschmalz mit. Ihre Mutter würde den Verlust sicher merken, doch den Tadel nahm sie in Kauf.

Mit dem Getreidesack fest unter den Arm gepresst durchquerte Margaretha die Stadt. Darin die Tabula Smaragdina von Melchior Noll und in der Kiepe einen Mörser, dem sie ihrer Mutter abgerungen hatte mit dem Versprechen, ihn später wieder mit nach Hause zu bringen. Außerdem einen Feuerstein, Stahl, Schwefelhölzer, ein altes Hemd von Johannes – sie hatte es all die Jahre in einer Ecke unter ihrem Bett aufbewahrt - und das Schweineschmalz. Was sie sonst noch brauchte, würde sie nach der Lektüre der Tabula wissen.

Immer schneller lief sie, den Damm hinauf und auf der anderen Seite hinunter, und übersah den Ast, der auf ihrem Weg lag. Sie stürzte, ließ den Sack fallen, um sich mit den Händen abzufangen, und rutschte auf den Knien über die rauen Pflastersteine.

Einen Moment verharrte sie auf allen Vieren, Tränen traten ihr in die Augen. Dann rappelte sie sich auf. Das Aufstehen war mühsam, hatte sie sich doch ihre Knie aufgeschürft. Dreck und Blut mischten sich in den Wunden zusammen. Ihr Rock hatte glücklicherweise ob des robusten Leinens keinen Schaden genommen. Sie sah sich nach dem Getreidesack um, konnte ihn aber nirgends entdecken.

„Suchst du den hier?"

Sie drehte sich um. Auch das noch. Ausgerechnet der Bäcker Vogel, Barbaras Mann, hatte ihn in der Hand. Ein fremder Mann, der ihn begleitete, zog sein Felleisen vom Rücken und stellte es neben sich.

Margaretha streckte die Hand nach dem Sack aus.

„Danke, Herr Vogel. Ich bin gestürzt und habe ihn verloren."

Doch der Bäcker gab ihr das kostbare Gut nicht zurück.

„Was ist denn da drin? Wiegt reichlich schwer."

Er machte Anstalten, den Beutel aufzubinden.

„Och, nur unsere Küchenabfälle, die soll ich in den Bach schütten, sagt die Mutter", antwortete Margaretha schnell.

Vogel rümpfte die Nase.

Aus der Richtung des „Schwan" und der „Krone" auf dem Damm drangen Stimmen und Gelächter zu ihnen.

Der Fremde setzte seine Rückentasche wieder auf.

„Lasst uns gehen, Meister Vogel. Ein kräftiger Schluck Wein und ein Bett in der Herberge sind alles, was ich heute Abend noch brauche. Und überhaupt, was wollt Ihr von dem Mädchen?"

Bäcker Vogel zögerte, dann gab er Margaretha den Sack zurück.

„Nichts für ungut, Margaretha. Aber mein Weib macht mich noch ganz irre mit ihrem Gerede von übernatürlichen Verschwörungen und dem ganzen Kram."

Margaretha nahm ihren Schatz entgegen, bedankte sich artig und setzte den Weg zu ihrem Versteck fort. Ihr Herz wummerte bis zum Hals, als sie daran dachte, was hätte passieren können, wenn der Bäcker das Buch entdeckt hätte.

Ohne weitere Zwischenfälle erreichte sie die Hütte. Der Welpe lag noch immer so auf der Seite, wie sie ihn verlassen hatte. Ihre wunden Knie schmerzten, als sie sich neben ihm niederhockte. Der Kleine öffnete die Augen. Sie tröpfelte ihm etwas von dem Wasser auf die Lefzen, er leckte erst das Nass ab und dann ihre Hand. Sie beschaute sich die Wunde und erschrak. Das Bein war angeschwollen, unter dem Fell war die Haut heiß. Sie durfte keine Zeit mehr verlieren.

Ohne vorher hineinzuschauen, versteckte sie den Sack in dem kalten Kamin, warf ein paar Holzscheite darauf, die daneben lagen und machte sich auf den Weg zu dem Getreidefeld hinter dem Schloss. Das östliche Tor in der Stadtmauer, wo sie an das Schloss grenzte, war noch offen. Erst wenn es dunkel wurde, schlossen die Wachen es.

Zum Glück war es nicht weit bis zu dem Feld, trotzdem taten ihre Knie weh. Das Blut begann zu trocknen und die Haut spannte sich. Schon von weitem sah sie die orangefarbenen Köpfe der Ringelblumen. Sie sammelte etliche von ihnen in ihrer Schürze und ging zurück.

In der Hütte angekommen rupfte sie die Blütenblätter aus, warf sie in den Mörser und zerstampfte sie. Dann grub sie an einer Stelle des Bodens, an dem schon ein paar Steine fehlten, eine tiefe Mulde und tat Stroh und Holzscheite hinein. Um die Mulde herum legte sie die flachen Fußbodensteine, sodass in der Mitte ein Loch blieb. Schon oft hatte sie der Mutter dabei zugeschaut, wie sie ein Feuer entfacht hatte. Es sollte funktionieren. Sie legte eines der Schwefelhölzer auf den flachen Stein neben der Mulde und schlug direkt daneben den Feuerstein gegen das Stück Stahl. Sie hatte wohl nicht fest genug geschlagen, doch beim zweiten Mal sprangen Funken auf das Schwefelholz über und entzündeten es. Margaretha warf das Holz in die Mulde, und augenblicklich fing das Stroh Feuer. Sie blies hinein, bis kleine Flammen emporzüngelten.

Dann nahm sie die Zinnschale mit dem Schmalz und setzte sie auf die Steine über das Loch. Das Schmalz verflüssigte sich zusehends, sie tat die zerstoßenen Ringelblumen hinein und rührte den Brei mit einem Holzspan um. Anschließend griff sie die heiße Schale mit zwei breiten Holzscheiten und setzte sie neben dem Feuer ab.

Sie dampfte. Unmöglich konnte sie dem Hund die heiße Salbe auf die Wunde schmieren. Der war mittlerweile aufgewacht, hatte sich mühsam aufgesetzt und begann, an seiner Wunde zu lecken und zu knabbern. Damit würde er es nur schlimmer machen.

Margaretha nahm Johannes' Hemd aus der Kiepe und drückte es an sich.

„Du bist heute Nacht bei mir", sagte sie.

Dann riss sie einen Streifen ab, tränkte ihn in dem Wassereimer und wickelte ihn um den Hinterlauf des

Welpen. Wenigstens würde dieser notdürftige Verband die Wunde etwas kühlen und vor den Zähnen des Welpen schützen. Sie strich über seinen Kopf.

„Höchste Zeit, dass ich dir einen Namen gebe. Du sollst Jo heißen."

Dann hatte sie endlich Zeit für das Buch. Sie öffnete den Sack und nahm die Tabula Smaragdina heraus. Zwar hatte sie schon einige Bücher in der Hand gehabt, aber noch nie so eines. Wenn sie es auf den Boden stellte, reichte es ihr bis zu den Knien. Der Einband war aus schwerem Leder, in das Ornamente gestanzt waren. Die Seiten waren bräunlich und dick, jeder Absatz begann mit einem extra großen, verschnörkelten Buchstaben. Allerdings war es sehr dünn, und das wunderte Margaretha.

Es war noch etwas anderes in dem Sack. Ein Holzkistchen, um das herum ein Stück Papier gewickelt war. Sie löste das Papier und las in einer schön geschwungenen und gleichmäßigen Schrift:

„Benutze das Gelbpulver mit Bedacht. Es ist teuer und schwer zu bekommen. Doch wenn du den Stein der Weisen finden willst, wirst du es brauchen. Melchior Noll."

Das hatte sie sich gedacht. Der Apotheker hatte auch mit dem geheimen Wissen in dem Buch experimentiert, war aber wohl nicht erfolgreich gewesen. Anderenfalls hätte er ihr etwas davon erzählt.

Sie stellte die mitgebrachte Kerze auf einen Hocker, den sie in dem einstigen Stall neben der Küche gefunden hatte, zündete sie an, setzte sich breitbeinig davor auf den Boden, legte das Buch zwischen ihre Beine und begann zu lesen.

124

Es war dunkel draußen. Weder Sterne noch Mond waren durch die Löcher in dem Strohdach zu sehen, dafür dunkle Wolken. In der Ferne donnerte es. Die Kerze war zur Hälfte niedergebrannt. Margaretha klappte das Buch zu. Sie hatte alles gelesen. Es war so einfach. Tatsächlich bestand die Tabula Smaragdina nur aus zwölf Sätzen. Alle anderen Seiten in dem Buch stammten von Alchemisten, die jeweils ihre eigenen Auslegungen der Tabula niedergeschrieben hatten. Kein Wunder, dass es so viele verschiedene Meinungen darüber gab, was die Sätze zu bedeuten hatten, denn sie waren wahrlich nicht einfach zu verstehen. Ganz am Ende des Buches hatte auch Melchior Noll seine Auslegung hinzugefügt und bekannt, dass er das vorliegende Buch zusammengestellt hatte. Seine Seiten hatte sie besonders genau studiert. Letztendlich aber stimmte sie mit keiner der vorgeschlagenen Lösungen überein. Sie hatte ihre eigene.

Die Ringelblumensalbe war abgekühlt, also machte Margaretha Jo zuerst den Verband mit einem weiteren Streifen von Johannes' Hemd. Sie hatte noch genug davon übrig. Dankbar leckte er ihre Hand.

Dann kniete sie sich neben die Erdmulde, legte ein Stück des Hemdes hinein, streute etwas von dem Gelbpulver darauf und zündete es an. Eine weiße Flamme schoss empor, die so groß war wie Margaretha. Sie selbst wollte in einem ersten Impuls zurückweichen, wurde von dem Feuer jedoch angezogen. Ihr Oberkörper und Kopf zuckten nach vorne, sodass ihr langes Haar in das Feuer schleuderte. Erschreckt warf sie sich mit aller Kraft zurück und fiel nach hinten auf den Boden.

Sie tastete nach ihren Haaren. Wie es sich anfühlte, waren sie nicht versehrt und rochen auch nicht verbrannt. Einen Unterschied gab es jedoch: Sie waren viel weicher als vorher. Margaretha setzte sich auf. Das Feuer loderte unvermindert, doch war es jetzt nicht mehr weiß, sondern himmelblau. Das war er also, „der Ursprung aller Vollkommenheit der Sachen so in der Welt sind". Margaretha hatte keinen Zweifel.

Sie stand auf, trat auf das Feuer zu und hielt ihre Hand hinein. Es war vollkommen kalt. Jo winselte. Er lag mit erhobenem Kopf auf dem Boden, hatte sich aber näher an das Feuer gerobbt.

„Ich muss das jetzt tun, Jo", sprach sie zu ihm, als könnte er sie verstehen. „Du bleibst hier. Egal, was passiert."

Dann ging sie in das blaue Feuer hinein.

Überall war Wasser. Über, unter, neben ihr, und doch konnte sie atmen. Es war nicht nass, es war einfach nur da. Das Wasser war vor allem blau. Hier und da blitzte es weiß auf, doch konnte Margaretha nicht erkennen, was das Weiße war. Vielleicht war das Blaue auch kein Wasser, sondern etwas, das sie noch nicht kannte. Wenn es nicht nass war und sie darin atmen konnte, konnte es kein Wasser sein, schlussfolgerte sie. Ihre Füße standen nicht auf festem Boden, sondern schwebten in dem, was wie Wasser aussah.

„Wo bin ich hereingekommen?", dachte sie und im nächsten Moment drehte sie sich ohne ihr Zutun einmal um die eigene Achse. Sie sah nichts, was nach einem Ausgang aussah. Allerdings sah sie in kurzer Entfernung wieder etwas Weißes aufblitzen. Das musste etwas zu bedeuten haben, doch wie sollte sie es erreichen, wenn sie mangels festen Bodens unter den Füßen nicht laufen konnte? Da schwebte sie auch schon voran. Sie verstand. Nicht die Bewegung ihrer Füße brachte sie hier voran, sondern die Bewegung der Gedanken.

Kaum war sie an der Stelle angekommen, an der sie das Weiß gesehen hatte, verschwand es. Enttäuscht schaute sie sich um und entdeckte einen weiteren Blitz wieder etwas weiter entfernt. Auch dieser verschwand, sobald sie sich näherte. So ging es weiter, bis sie keine Blitze mehr sah, stattdessen tauchte eine Fontäne auf, die so hoch sprudelte, dass Margaretha ihr oberes Ende nicht sehen konnte. Das Blau der Fontäne war noch dunkler als das, was sie umgab, und in ihr glitzerten eine Menge weiße Steine. Zumindest sah es so aus, als ob es Steine wären, aber sicher konnte sich Margaretha an diesem Ort nicht darüber sein.

Sie dachte sich näher an die Fontäne, die nicht wie die Steine vor ihr zurückwich. Konstant sprudelte sie in unbekannte Höhe. Die weißen Glitzer schwebten in dem Quell, sie waren fast so groß wie ihre Hand. Margaretha griff sich den, der ihr am nächsten war. Er war kalt, fast durchsichtig und flackerte in seinem Innern in dem Farben Weiß und Blau. Eine ungewohnte Kraft strömte in ihren Körper.

Im Zentrum der Fontäne tat sich ein Spalt auf, aus dem heraus eine dunkelblaue Wolke austrat und auf sie zu schwebte. Wie das Feuer in der Hütte selbst zog sie dieser Spalt an und erfüllte sie mit einer großen Sehnsucht. Sie bewegte sich auf ihn zu. Wie gern wollte sie sich von dieser Wolke einhüllen lassen. Doch ein Gedanke drängte sich in den Vordergrund, der war stärker als die Sehnsucht.

Im nächsten Moment war sie wieder in der Hütte. Das blaue Feuer war weg, den Stein hatte sie in der Hand. Er flackerte noch ebenso intensiv wie in der Wasserwelt.

Das erste, was ihr auffiel, war, dass die Schmerzen in ihren Knien verschwunden waren. Sie schaute an sich hinab: Die aufgeschürften Stellen waren verheilt. War das möglich? Oder bildete sie sich etwas ein? Sie kniete sich neben den schlafenden Jo und berührte ihn mit dem Stein. Der Hund wachte auf, schüttelte den Kopf und stellte sich auf seine vier Pfoten. Margaretha lachte, nahm ihm den Verband ab und blickte auf einen gesunden Hinterlauf. Sie hob den Kleinen vom Boden und drückte ihn an sich.

Es donnerte, ein Blitz zuckte unweit der Stadt über den Himmel und durch das löchrige Dach fielen Regentropfen. Margaretha versteckte alle Utensilien sowie das Buch unter dem Stroh im Stall und bedeckte alles mit Steinplatten.

Sie trat hinaus und schloss die Tür zur Hütte, die schon schief in den Angeln hing, so gut es ging und drehte sich um.

„Komm, Jo!"

Doch Jo kam nicht. Er stand auf der gegenüberliegenden Seite der Gasse, streckte den Kopf in Richtung eines schmalen Hofes, dessen hinteres Ende sich zwischen zwei Häusern im Dunkeln verlor, hob seine Nase und witterte. Margaretha spähte in den Hof hinein, konnte aber nichts sehen außer Schwärze. Jo knurrte, wich dann aber winselnd zurück und drückte sich an ihre Beine. Vielleicht, weil es jetzt stärker regnete, vielleicht auch, weil sie in Gedanken nur bei dem war, was sie gerade erlebt hatte – sie selbst spürte erst jetzt, dass da etwas war in dem Dunkel.

„Hallo?", sprach sie leise.

Nur die Regentropfen platschten auf den Boden.

Sie rang mit sich. Wenn auch hier Räuber lauerten? Ihr Haar und ihr Kleid waren mittlerweile durchnässt. Sie beschloss, der Sache nicht auf den Grund zu gehen. Schließlich konnte sie nicht allen helfen. Außerdem gab es in den umliegenden Häusern für Räuber keine reiche Beute zu machen wie auf dem Markt. Sie nahm den nassen Jo auf den Arm und ging nach Hause.

Vor allen anderen war Margaretha am nächsten Morgen wach. Sie ging leise die Treppe hinunter und deckte den Tisch für das Frühstück. Dann wickelte sie die Brote, die ihre Mutter am Vortag gebacken hatte, in Leinen ein und packte sie in den Korb. Sie wusste, ihre Mutter baute auf ihre Hilfe, spätestens wenn es an die Abrechnung ging.

In der vergangenen Nacht war sie so spät zurückgekommen, dass sie weder die Eltern noch ihre Brüder wach angetroffen hatte. Niemand hatte bemerkt, dass Jo bei ihr im Bett geschlafen hatte. Und auch jetzt würde sie das Haus verlassen müssen, ohne mit der Familie zu sprechen, um sich Hilfe zu holen.

Sie gab Jo ein Stück Kochfleisch – ihre Mutter würde sie dafür eine Woche lang den Fußboden schrubben lassen - und trank selbst einen Becher Most. Für unterwegs nahm sie sich einen Knust Brot mit. Während sie durch die noch menschenleeren Gassen ging, Jo an ihrer Seite, knabberte sie an dem Brotkanten und fragte sich, ob es nicht doch einen Weg gab, ganz alleine den heilenden Stein zu aller Wohl einzusetzen. Doch schnell verwarf sie diesen Gedanken wieder. Ihre Eltern hatten sie gewarnt, Melchior Noll auch, und nicht zuletzt hatte sie auf dem Markt selbst erlebt, wie misstrauisch die Leute waren, wenn es etwas gab, das sie nicht verstanden.

Die Glocken der Liebfrauenkirche schlugen zur Morgenhore, als sie den Schlossplatz überquerte. Vor der Wache am Schlosstor blieb sie stehen.

„Bitte, ich möchte mit dem Apotheker Melchior Noll sprechen."

Der Burgmanne runzelte die Stirn.

„Wer bist du?"

„Ich heiße Margaretha und bin die Tochter des Metzgers Caspar Schäfer. Apotheker Noll kennt mich."

„Ist es nicht etwas früh für einen Besuch?"

„Die Morgenhore wird schon gebetet. Wie kann es da zu früh sein?"

„Die bist sehr schlagfertig, kleines Fräulein. Aber du hast recht."

Der Burgmann öffnete eine Klappe im Tor und gab einer weiteren Wache Bescheid, die offenbar im Innern des Schlosshofes ihren Dienst versah.

„Du wirst dich gedulden müssen. Wenn der Apotheker noch schläft, braucht er seine Zeit, um auf die Beine zu kommen. Und natürlich geht ein Dienst für den Grafen vor", fügte er streng hinzu.

Margaretha setzte sich gegenüber dem Tor auf den Rand eines Wassertrogs unter einem Fließbrunnen. Sie hob Jo hoch, damit er etwas trinken konnte. Danach setzte sie ihn ab und gab ihm den Rest von dem Brot.

Der Himmel war nach dem Gewitter in der vergangenen Nacht wieder klar und blau. Es würde ein heißer Tag werden. Margaretha ließ ihren Blick über den Schlossplatz schweifen. Die ersten Beschicker schoben ihre Karren zu den Ständen. Margaretha hoffte, dass ihre Mutter nicht so früh kommen würde. Elisabeth würde versuchen, sie von jeglichen Unternehmungen abzuhalten. Doch der Stein der Weisen ging vor, und sie hatte nicht den geringsten Zweifel daran, dass sie ihn gefunden hatte.

Sie warf Jo einen Stock weg und der junge Hund lief hinterher. Wedelnd brachte er ihn zurück. Margaretha hob den Arm über den Kopf, um ihn erneut zu werfen, hielt aber in der Bewegung inne. Barbara, die Bäckersfrau, kam auf sie zu.

Margaretha lächelt sie an.

„Guten Morgen, Frau Vogel."

„Ob dieser Morgen gut ist, wird sich zeigen. Was tust du hier? Lungerst vor dem Schloss herum, spielst mit einem Hund. Solltest du nicht deiner Mutter helfen?"

Das geht dich nichts an, dachte Margaretha.

„Das tue ich auch. Ich habe zu Hause schon geholfen, das Brot einzupacken und bin nachher auch hier." Hoffentlich, fügte sie in Gedanken hinzu.

Barbara Vogel schüttelte missbilligend den Kopf.

„Verkauft die Elisabeth wieder Brot, ja? Damit macht sie uns Bäckern das Geschäft schwer. Aber deiner Mutter scheint das egal. Nur weil es so viele gibt, die bei sich zu Hause backen und ihre Nachbarn mit versorgen, muss es nicht richtig sein."

Offenbar redete sich die Bäckersfrau gerade in Rage.

„Aber ihr müsst nicht glauben, dass unsere Zunft sich das gefallen lässt. Ach, was rede ich denn hier mit dir, du bist schließlich nur ein Mädchen. Und weißt du was? Ich habe ohnehin Wichtigeres zu tun als in den Tag hinein zu leben."

Sie schritt davon. Jo, der sich hinter den Wassertrog getrollt hatte, knurrte ihr nach. Die Vogel ging in die Schlossgasse hinein und entschwand Margarethas Blick.

Der Abneigung, die Margaretha bisher ihr gegenüber gespürt hatte, hatte sich soeben eine gehörige Portion Vorsicht beigemischt. Die Frau des Bäckers hegte einen tiefen Groll gegen ihre Mutter und seit dem Markt vorgestern bestimmt auch gegen ihren Vater, der die Chance hatte, Hofmetzger zu werden.

Um sich die Zeit zu vertreiben, ging Margaretha auf dem Schlossplatz herum und unterhielt sich mit denjenigen Händlern, die schon aufgebaut hatten. So erfuhr sie, dass der Graf den bestohlenen Beschickern ihren Verlust heute durch den Bürgermeister ersetzen lassen wollte. Kaum jemand hegte die Hoffnung, dass die Räuber noch gefasst werden würden. Obwohl der Graf gestern in den umliegenden Dörfern hatte Bescheid geben lassen, dass die Bewohner auf der Hut sein sollten und nach verdächtigen, berittenen Männern Ausschau halten sollte – bisher war keine Kunde in die Stadt gelangt, die auf einen Verbleib der Bande hindeutete.

Das Schlosstor öffnete sich, Melchior Noll kam heraus und ging auf sie zu.

Margaretha lief ihm entgegen.

„Herr Noll, ich muss mit Ihnen sprechen!"

„Was gibt es Wichtiges?"

„Können wir uns bitte etwas abseits stellen?"

Am Rand des Schlossplatzes, wo die Stände noch leer waren, blieben sie stehen.

Ohne einmal abzusetzen erzählte ihm Margaretha, was ihr in der vergangenen Nacht wiederfahren war. Nachdem sie geendet hatte, schaute sie den Mann des Wissens erwartungsvoll an.

Melchior Noll rieb sich das Kinn und schüttelte dann den Kopf.

„Obwohl wir uns erst kurz kennen, weiß ich bereits, dass du sehr schlau bist. Aber diese Geschichte … warum erfindest du so etwas?"

„Ich lüge nicht! Bitte Herr Noll, ich habe sonst niemanden, dem ich davon erzählen kann."

„Und du willst also wirklich die Tabula Smaragdina in einer Nacht gelesen und sogleich den Stein der Weisen gefunden haben? Nachdem sich viele kluge

Männer – unter anderem ich – erfolglos daran ausprobiert haben?"

Margaretha holte den Stein aus der Tasche.

„Hier, schauen Sie. Haben Sie schon einmal einen
solchen Stein gesehen?"

Noll beugte sich hinunter und betrachtete ihn
verwundert aus der Nähe, nahm ihn aber nicht in die
Hand.

„Das ist in der Tat ein ungewöhnliches Exemplar.
Und wie er funkelt. Wo hast du ihn gefunden?"

„Er ist aus der Fontäne, das habe ich Ihnen doch
gesagt. Und schauen Sie sich doch Jo an. Er ist gesund. Sie wissen doch, dass er gestern noch schwer
verletzt war."

Bevor der Apotheker antworten konnte, fügte sie
hinzu:

„Bitte kommen Sie mit mir in die Hütte, dann
kann ich es Ihnen zeigen."

Nur wenige Menschen kamen ihnen entgegen auf
ihrem Weg über den Damm in die Neustadt. Und
diejenigen, denen sie begegneten, schenkten ihnen
keine große Aufmerksamkeit. Melchior Noll grüßten
sie respektvoll und etwas von dieser höflichen Dis-
tanz schien auf sie selbst überzuspringen, denn auch
sie wurde freundlich gegrüßt.

Sie bogen in die Gasse ab. Jo rannte munter vor
ihnen her.

„Wie krank war der Hund denn genau?", fragte
der Apotheker.

„Er hatte eine tiefe Wunde am Hinterlauf, das Bein war schon geschwollen. Er wurde immer schwächer."

„Wie bei deinem Bruder damals?"

Margaretha blieb stehen und schaute ihn an.

„Ja. Aber warum ist das wichtig?"

Melchior Noll ging die paar Schritte, die er vor ihr war, zurück und beugte sich zu ihr hinunter.

„Weil es sein kann, dass du dich in etwas hineinfantasierst. Du hast deinen Bruder Johann sehr geliebt. Sogar denselben Namen hast du dem Hund gegeben. Du bist doch ein vernünftiges Mädchen, Margaretha. Die Tabula Smaragdina, der Stein der Weisen, das sind nur erfundene Geschichten. Sie taugen nicht zu mehr als den Menschen den Geist zu verwirren."

Margaretha schaute ihn entsetzt an.

„Aber Sie haben doch selbst damit experimentiert! Ich habe es gelesen. Und Sie haben mir das Gelbpulver gegeben! Warum haben Sie das dann getan, wenn Sie selbst nicht daran glauben?"

Jo setzte sich neben sie, legte den Kopf schief und bellte.

„Weil ich dir helfen wollte. Ich mag dich, du erinnerst mich an meine Tochter, das habe ich dir bereits erzählt. Ich dachte, wenn du ein bisschen Alchemistin spielen kannst, bist du es zufrieden. Spätestens dann, wenn nichts bei den Experimenten herauskommt. Wenn ich gewusst hätte, dass du daran auch noch glaubst …"

Margaretha wich vor dem Mann zurück, der vorgab, sie zu mögen. Er nahm sie ebensowenig ernst wie ihre Eltern. Sie umklammerte den Stein in ihrer Schürzentasche und wusste, dass sie recht hatte. Außerdem blieb es dabei: Sie allein würde die Gabe der Quelle nicht in der Stadt zum Guten einsetzen können, dazu brauchte sie Hilfe.

„Aber ich habe dir versprochen, mir deine Hütte anzuschauen. Also komm."

Widerstrebend folgte sie ihm.

Als sie an der Hütte am Ende der Gasse angekommen waren, ging Margaretha vor und öffnete die Tür.

„Stellen Sie sich dort hin und schauen Sie zu."

Margaretha schob den Apotheker vor den Kamin, so stand er ein paar Schritte entfernt von der Mulde im Fußboden. Aus dem Sack, den sie unter dem Stroh versteckt hatte, nahm sie das Kästchen mit dem Gelbpulver, die Kerze und einen Streifen von Johannes' Hemd. Sie richtete alles wie beim ersten Versuch an, entzündete das Pulver aber noch nicht. Stattdessen zündete sie zuerst die Kerze an und stellte sie auf den Hocker. Dann hielt sie ihren Arm über die Flamme. Dass der Schmerz so stark sein würde, hätte sie nicht gedacht. Sie schrie auf.

„Was tust du?", rief Melchior Noll, sprang hinzu und zog ihren Arm heraus. Doch da hatte sie schon eine hässliche Brandwunde.

„Wenn Sie mir nicht glauben, muss ich es Ihnen zeigen", sagte sie. „Treten Sie zurück."

„Nur wenn du mir versprichst, dich nicht erneut zu verletzen."

Sie nickte. Noll zögerte, trat dann aber an seinen vorherigen Platz.

Mit der Kerze entzündete Margaretha das Pulver. Wie beim ersten Mal schoss eine weiße Flamme in die Höhe, die ihre Farbe binnen Kurzem in ein wunderschönes Blau änderte.

„Was in Gottes Namen ist das?" Der Apotheker trat näher an das Feuer heran.

„Das ist das Feuer, darin der Stein der Weisen ist."

Margaretha hielt ihren Arm in das Feuer und zog ihn, noch bevor Noll irgendwie reagieren konnte, wieder heraus. Die Wunde war verschwunden.

Sie streckte ihren Arm aus.

„Sehen Sie?"

Noll nahm ihren Arm, diesmal behutsam, als wäre er aus hauchdünnem Glas, und betrachtete ihn. Dann tastete er ihn ab.

„Ich kann nichts fühlen", sagte er konsterniert. Er führte den Arm an seine Nase. „Riechen tue ich auch nichts."

Er ging um das Feuer herum, betrachtete es von allen Seiten, trat näher heran und hielt seine Hände dicht daneben.

„Es ist nicht heiß."

Vor Margaretha ließ er sich auf die Knie nieder und fasste sie an beiden Schultern.

„Sag mir, wie du das gemacht hast. Welche geheimen Substanzen hast du dem Gelbpulver beigemischt, damit es ein solches Feuer macht?"

„Keine, Herr Noll. Ich schwöre es Ihnen."

Margaretha griff nach dem Rest des Hemdes.

„Alle Übersetzungen und Deutungen waren falsch. Ich verstehe die Tabula so: Man soll Feuer und

Erde zusammenbringen, außerdem soll man das allerlieblichste Ding zu Hilfe nehmen, aber es ist nicht das allerlieblichste, sondern das allerliebste Ding. Und das ist wohl für jeden Menschen etwas anderes. Für mich ist es das Hemd meines toten Bruders."

„Du hast die Smaragdina entschlüsselt", sagte Noll leise. Dann stand er auf und begann, in der Hütte auf und ab zu gehen. Ab und zu blieb er neben dem Feuer stehen, das mit unverminderter Stärke blau emporloderte, blickte es intensiv an und setzte dann seinen Gang fort.

Margaretha setzte sich auf den Hocker und nahm Jo auf den Arm. Der junge Hund schmiegte sich an sie und leckte ihre Hand.

Nach einer Weile blieb Noll vor ihr stehen.

„Und du sagst, wenn man das Feuer betritt, kommt man in eine andere Welt?"

Margaretha nickte.

„Ich will diese Welt sehen."

Wieder nickte sie, setzte Jo ab und trat auf das Feuer zu.

„Es ist nicht groß genug, als dass wir beide zusammen hindurchgehen könnten. Sie können mir folgen, ich warte drüben auf Sie."

Noll stellte sich hinter Margaretha.

„Muss ich irgendetwas beachten?"

„Nein. Folgen Sie mir einfach."

Dann trat Margaretha in das Feuer.

Kaum schwebte sie wieder in dem, was wie Wasser aussah, sich aber nicht so anfühlte, wandte sie sich mit der Kraft ihrer Gedanken um und erwartete Melchior Noll. Als er nicht direkt nach ihr in die Welt eintrat, drehte sie sich in Richtung der Fontäne. Es schien, als sei die Fontäne näher gekommen. Oder aber der Eintritt in die Wasserwelt war dieses Mal an einem anderen Ort. Sogar von hier konnte sie das Glitzern innerhalb des Wassersprudels erkennen. Doch sie musste nachsehen, wo der Apotheker blieb.

Im Nu war sie wieder in der Hütte, das Feuer war verschwunden. Noll stand an derselben Stelle wie vor ihrem Übergang in die Wasserwelt.

„Warum sind Sie nicht gekommen?"

„Weil das Feuer erlosch, sofort nachdem du darin verschwunden warst."

Er betastete sie an den Schultern und Armen.

„Du bist es wirklich. Lass uns das Feuer erneut anzünden, nur dieses Mal gehe ich zuerst."

Margaretha nickte.

„Das ist eine gute Idee."

„Nicht wahr? Ab und zu hat dein alter Freund auch mal eine gute Idee."

Sie lächelten sich an. Margaretha war nun doch froh, dass sie ihn in das Geheimnis eingeweiht hatte.

„Wir machen es so", fuhr Noll fort. „Wenn wir beide darin sind, gehen wir zu der Fontäne und nehmen so viele Steine mit wie möglich. Wie wir damit die kranken Menschen in Büdingen heilen und was wir ihnen sagen, das lass' nur meine Sorge sein."

Von Johannes' Hemd war nicht mehr viel übrig. Margaretha riss deshalb nur einen dünnen Streifen ab und entzündete das Feuer in der Erdmulde. Was, wenn das Hemd vollständig verbrannt wäre? Soweit sie sich erinnerte, gab es keine anderen Kleidungsstücke von ihm. Die Idee, möglichst viele Steine mit herüber zu nehmen, war deshalb sehr sinnvoll.

Noll holte tief Luft und tat einen großen Schritt in die blaue Flamme. Sie erlosch.

„Sie ist weg", rief er unsinnigerweise.

Das hätte sie sich denken können. Vor Kurzem hatte sie es noch selbst erläutert: Das Allerliebste war für jeden Menschen ein anderes Ding. Mit dem Hemd ihres Bruders konnte es nur für sie funktionieren.

„Was ist Ihnen das Liebste?", fragte sie Melchior Noll.

„Du hast recht. Wir müssen das Feuer mit etwas entfachen, das mir das Allerliebste ist. Das ist meine Tochter. Ich habe einige Dinge aufgehoben, die ihr gehörten. Sie sind in meinem Zimmer im Schloss."

In diesem Moment schwang die Hüttentür auf. Drei Stadtbüttel kamen herein.

„Man sagte uns, dass wir dich hier finden würden", sagte einer von ihnen zu Margaretha.

„Aber was machen Sie denn hier, Herr Apotheker?"

„Vielleicht sagen Sie uns erst einmal, warum Sie hier sind." Noll stellte sich vor Margaretha.

„Man trug dem Bürgermeister zu, dass das Mädchen in dieser Hütte merkwürdige Dinge tue. Es war die Rede von Blitzen und Feuer."

Margaretha erschrak. Sofort fiel ihr gestern Nacht ein, als Jo in den dunklen Nachbarhof hineingeknurrt hatte.

„Wer erzählt solche Märchen?", sagte Noll scharf. „Das Mädchen steht unter meinem Schutz. Ich selbst habe ihr gezeigt, wie man Feuer macht. Daran ist nichts Verbotenes."

Verunsichert schauten die Büttel erst den Apotheker an, dann Margaretha.

„Trotzdem", fuhr der eine fort. „Wir dürfen unsere Anweisung nicht ignorieren. Deshalb müssen wir die Margaretha Schäfer mitnehmen."

Er wollte nach ihrem Arm greifen, doch Noll sagte:

„Sie rühren die Kleine nicht an. Ich gehe mit ihr. Wohin gehen wir?"

„Der Graf erwartet uns."

Noll legte die Hand auf Margarethas Schulter und drückte sie einmal kurz.

Zwei der Büttel verließen die Hütte und warteten draußen. Der dritte schaute sich in der Hütte um, in die durch das Fenster Sonnenstrahlen fielen. Das Kistchen mit dem Gelbpulver, Johannes´ Hemd, die Tabula Smaragdina! Margaretha zupfte Noll am Ärmel, doch der schüttelte unmerklich mit dem Kopf.

„Was machen wir mit den Sachen?", rief der Büttel nach draußen.

Der Wortführer schaute noch einmal hinein.

„Alter Plunder, siehst du doch. Kommt jetzt, der Graf erwartet uns."

Zwei der Büttel vor ihnen und einer hinter ihnen ging Margaretha neben Noll die Gasse entlang. Ihre Hand umklammerte den Stein in ihrer Schürze.

Graf Reinhard von Ysenburg neigte den Kopf zu einem Mann, der eine bodenlange, schwarze Kutte trug und auf dem Kopf ein schwarzes Barett. Wahrscheinlich war er der Schlosskaplan, seiner Kleidung nach zu urteilen war er Lutheraner. Margaretha hatte ein Bildnis Martin Luthers gesehen in einem der Bücher, die ihre Brüder aus der Schule mit nach Hause gebracht hatten.

Sie kam nicht mehr dazu, sich Gedanken darüber zu machen, ob der lutherische Glaube etwas an der gräflichen Beurteilung ihres Falles ändern würde. Mit einem Wink zitierte der Graf sie auf das steinerne Podest, das an der Frontseite der Schlosskapelle gegenüber der Reihen aus hölzernen Stühlen war. Neben ihr saßen Melchior Noll und ihre Eltern. Der Graf hatte es erlaubt, dass sie ihre Tochter begleiteten.

Margaretha stand auf, ging die drei Stufen zu dem Podest hinauf, blieb vor dem Grafen stehen und erwiderte seinen Blick ohne Scheu. Mit einer Bewegung seiner Hand – an einem der Finger trug er einen Ring mit einem grün funkelnden Stein – deutete er auf einen einfachen Stuhl mit Lehne, der ein gutes Stück vor dem seinen stand. Sein Stuhl indes hatte reich verzierte Armlehnen und ein ebensolches Rückenteil; er glich denjenigen, die in den hölzernen Sitznischen zu beiden Seiten des Podests standen. Über ihnen hing die Kanzel in luftiger Höhe an der steinernen Wand. So waren zwar die Adligen dem Geistlichen bei seiner Predigt nahe, nicht aber die einfachen Angehörigen des Hofes.

„Gefällt dir meine Kapelle?", fragte der Graf nicht unfreundlich. Offenbar hatte er ihren examinierenden Blick gesehen. Margaretha wusste, dass sie vorsichtig sein musste.

„Die Schnitzarbeiten zeugen von kundigen Hand-werkerhänden", antwortete sie.

„Du bist nicht nur intelligent, sondern auch dip-lomatisch. Wenn die Umstände andere wären, würde ich dir eine Stelle im Schloss geben."

„Herr Graf", sagte der Kaplan. „Bedenken Sie bit-te, was wir besprochen haben."

„Ja, ich weiß. Nun gut, im Namen des Herrn muss es denn sein."

Er gab erneut mit der Hand ein Zeichen, diesmal zu einer Wache am Seiteneingang der Kapelle. Der Burgmanne öffnete, herein trat Barbara Vogel. Sie blieb in einiger Entfernung des Grafen stehen.

Ihre Eltern schauten irritiert, die Mutter wollte aufstehen, doch Melchior Noll hielt sie zurück. Mar-garetha indes wunderte sich nicht, die Bäckersfrau hier zu sehen. Es fügte sich alles zusammen.

„Bürgerin Vogel, sie haben ausgesagt, dass die Tochter der Schäfers übersinnliche Fähigkeiten zum Schaden der Menschen anwendet."

„Das ist eine Lüge!" Elisabeth war nun wirklich aufgestanden. „Barbara, wie kannst du nur?"

Der Burgmanne ging auf die Mutter zu, doch der Graf gebot ihm Einhalt.

„Setzen Sie sich wieder hin und schweigen Sie. Wir sind hier zusammengekommen, um Licht in eine sehr dunkle Angelegenheit zu bringen. Sie sind nur bei dieser Untersuchung dabei, weil Ihre Tochter den Marktbeschickern und damit der ganzen Stadt einen großen Dienst erwiesen hat. Ich kann Sie jederzeit wieder entfernen lassen."

Elisabeth errötete und setzte sich, der Vater legte ihr den Arm um die Schultern.

„Sprechen Sie, Frau Vogel."

Ohne die Eltern anzuschauen, brachte die Bäckersfrau ihre Anschuldigungen vor.

„Schon lange beobachte ich die Margaretha und ich weiß besser über ihre Taten Bescheid als ihre eigenen Eltern. Das Mädchen weiß immer alles besser, sogar besser als die Erwachsenen. Und das sage ich nicht, weil sie besserwisserisch ist, sondern weil es auch noch stimmt, was sie besser weiß. Hinterher erweist es sich stets als wahr, was sie gesagt hat. Das geht nicht mit rechten Dingen zu. Sie kennt Dinge, die sie gar nicht wissen kann, wenn sie reinen Gewissens wäre."

Triumphierend schaute sie den Grafen an.

„Einmal hatte sich der Sohn des Müllers in den Finger geschnitten. Das Mädchen hat ihm ein Sud angerührt, in den er seinen Finger gehalten hat, und danach war alles wieder gut. Wie kann so etwas sein?"

„Fragen wir doch Margaretha selbst." Der Graf nickte ihr aufmunternd zu.

„Herr Graf, den Müllersohn habe ich mit einer Tinktur behandelt, und das Rezept habe ich von der Kräuterfrau bekommen, die ihre Mixturen auf dem Markt anbietet. Der Finger brauchte auch ein paar Tage, bis er wieder verheilt war."

„Stimmt das, Frau Vogel?"

„Nun ja, es ist richtig, dass die Wunde erst nach und nach verheilte. Aber es geht doch nicht an, dass sich eine 13-Jährige als Heilkundige aufführt."

Der Kaplan beugte sich zu dem Grafen und flüsterte ihm etwas ins Ohr. Der Schlossherr ergriff wieder das Wort.

„Kommen wir zu den Geschehnissen aus der vergangenen Nacht. Es ist erwiesen, Margaretha, dass du zusammen mit meinem Hofapotheker" – der Graf schaute Melchior Noll scharf an – „heute Morgen in einer verlassenen Hütte in der Neustadt warst. Was hast du dort gemacht?"

Bevor sie antworten konnte, ergriff Noll das Wort.

„Bitte Herr Graf, darf ich dazu etwas sagen?"

„Nicht jetzt. Die Kleine soll zuerst sprechen."

Margaretha wusste, dass es jetzt auf jedes Wort ankam.

„Vielleicht habe ich etwas getan, was ich nicht hätte tun dürfen. Ich gestehe ein, dass ich ein Buch gelesen habe, obwohl Mädchen nicht lesen dürfen. Und ich habe nicht nur ein Buch gelesen, sondern viele. Immer, wenn meine Brüder ein Buch aus der Schule mitgebracht haben, habe ich es heimlich nachts gelesen. Meine Eltern wussten nichts davon und als sie es erfahren haben, haben sie es mir verboten. Auch habe ich heimlich am offenen Fenster der Lateinschule gelauscht, deshalb weiß ich so viel. Das hätte ich nicht tun sollen, Herr Graf. Aber trotzdem habe ich keine übersinnlichen Fähigkeiten, sondern das ist Wissen, das ich besitze."

Sie atmete heftig und ihr Gesicht war heiß.

Zuerst sagte niemand ein Wort. Barbara Vogel stand der Mund offen, Elisabeth hatte angefangen zu weinen und der Apotheker rieb sich das Kinn.

„Was du getan hast, Margaretha, ist schändlich. Du hast deine Eltern belogen. Und du hast nicht auf meine Frage geantwortet. Glaube nicht, dass ich das nicht bemerkt habe. Also?"

Sie kam nicht darum herum. Dann musste es wohl sein.

„Ich habe gelernt, wie man Feuer macht. Meiner Mutter habe ich oft dabei zugesehen, also habe ich mir alles, was man dafür braucht, mitgenommen in die Hütte und habe damit experimentiert. Wissen Sie, Herr Graf, es gibt viele kranke Menschen in der Stadt und ich möchte ihnen helfen, gesund zu werden. Mittlerweile kenne ich viele Rezepte, für die Zubereitung mancher benötigt man Feuer. Ich habe Euren Apotheker auch gefragt, ob er mir hilft. Es ist meine Schuld. Er ist ein guter Mann."

„Und die blauen Blitze?", fragte Barbara Vogler schneidend.

„Ich habe keine blauen Blitze gesehen." Und das ist noch nicht einmal eine Lüge, dachte Margaretha. In Wirklichkeit war es blaues Feuer gewesen.

Bisher hatte der Kaplan geschwiegen, doch jetzt zeigte er mit dem Finger auf Margaretha.

„Diese kleine Person hat sich nicht wie ein gläubiges, demütiges Mädchen verhalten. Sie hat ihre Eltern belogen, hat sich im Geheimen verbotenes Wissen angeeignet und experimentiert im Verborgenen mit vermutlich ebenfalls verbotenen Stoffen. Ich jedenfalls glaube der ehrbaren Bürgerin Vogel, dass sie in der vergangenen Nacht blaue Blitze in der Hütte gesehen hat."

Er machte eine kurze Pause, bevor er fortfuhr.

„Wir leben in verwirrenden Zeiten, was den christlichen Glauben angeht. Sollen wir der katholischen oder lieber der lutherischen, neu-evangelischen Kirche angehören? Doch in einer Sache sprechen beide Kirchen wie aus einem Mund: Wunderheiler, Menschen mit übersinnlichem Fähigkeiten sind zu exkommunizieren."

Elisabeth stöhnte auf. Der Kaplan sprach unerbittlich weiter:

„Und wenn diese Strafe nicht ausreicht, müssen sie auch brennen."

Margaretha fror mit einem Mal. Sie suchte den Blick ihrer Eltern, doch nur der Vater schaute sie an mit Tränen in den Augen. Die Mutter hatte ihr Gesicht in den Händen vergraben. Melchior Noll hielt es nicht mehr auf dem Stuhl. Er stand auf und trat ohne ein Zeichen des Grafen abzuwarten nach vorne.

„Herr Graf, ich war in der vergangenen Nacht bei der Margaretha und kann bezeugen, dass sie nichts Unrechtes getan hat. Wenn, dann trifft mich die Schuld, weil ich ihr mit einfachen chemischen Reaktionen eine Freude machen wollte. Dabei gab es auch den einen oder anderen blauen Blitz. Das ist nichts Übersinnliches, nur pure Wissenschaft."

Ob er mit dieser Lüge durchkam? Margaretha schluckte und der Graf fragte denn auch:

„Und wie kommt es dann, dass die Wachen Sie heute Morgen erst aus dem Schloss haben gehen sehen?"

Wahrscheinlich hatte auch hier die Vogel ihre Hände im Spiel gehabt. Bestimmt hatte sie sich heute Morgen hinter der nächsten Ecke versteckt und Margaretha beobachtet, wie sie mit Noll gesprochen hatte.

„Geben Sie sich keine Mühe, Apotheker Noll. Ich will ihren Einwand so deuten, dass sie die kleine Schäfer gerne haben. Ich weiß von dem Schicksal Ihrer Tochter. Doch seien Sie auf der Hut. Weitere Worte, die so offensichtlich gelogen sind, werfen kein gutes Licht auf Sie."

Der Graf stand auf und ging hin und her. Dabei raschelten seine Pluderhosen und der Mantel, den er über dem weinroten Wams trug. Doch trotz des weiten Mantels konnte Margaretha sehen, dass er gebeugt ging. Offenbar hatte der Apotheker noch keine geeignete Rezeptur für sein Leiden gefunden. Außer dem Rascheln war es in der Kapelle still, als ob alle darauf warteten, was der Graf entscheiden würde.

Margaretha rang mit sich. Wie von selbst schob sich ihre Hand in die Schürzentasche und tastete nach dem Stein. Sie wusste, dass es eher schaden als nutzen würde, doch der Drang zu helfen war stärker.

Sie stand auf und trat auf den Grafen zu. Der unterbrach sein gedankenversunkenes Hin- und Her-Gehen.

„Herr Graf, ich kann ihr Rückenleiden heilen."

„Margaretha!"

Das war die Stimme ihres Vaters, die durch die Kapelle hallte. Der Kaplan sprach:

„Sie versündigt sich erneut, indem sie hochnäsige Lügen verbreitet."

Graf Ysenburg schaute Margaretha an.

„Du solltest nicht mit dem Leiden anderer Menschen spielen", sagte er streng.

148

Sie holte den Stein aus der Schürze und hielt ihn dem Grafen hin. Weil es düster war in der Kapelle, schimmerte das blaue Licht in ihm umso deutlicher.

„Wenn ich Sie damit berühre, heilt er ihr Rückenleiden."

„Tun Sie es nicht, Herr!", mischte sich der Kaplan erneut ein. „Das ist gewiss ein böser Zauber, um euch zu schaden."

Der Graf trat näher an Margarethas ausgestreckte Hand und betrachtete den Stein.

„Was ist das, Kind?"

„Keine böser Zauber, das gelobe ich bei unserem Herrn."

„Du wagst es, den Herrn im Munde zu führen", ereiferte sich der Kaplan.

„Schweigen Sie!", gebot ihm der Graf. „Du darfst mich mit dem Stein berühren", sagte er zu Margaretha.

Sie trat an ihn heran, nahm seine Hand und legte sie auf den Stein. Die Falten zwischen seinen Augenbrauen und auf seiner Stirn glätteten sich, dann richtete er sich aus seiner gebeugten Haltung auf.

„Ich habe keine Rückenschmerzen mehr", konstatierte er.

Auf dem Gesicht der Bäckersfrau erschien ein hinterlistiges Lächeln. Der Kaplan stand auf und zeigte auf Margaretha.

„Jetzt erbringt sie den Beweis vor unser aller Augen, dass sie eine Hexe ist."

Die Eltern und Melchior Noll flüsterten untereinander.

Der Graf kehrte zu seinem Stuhl zurück und setzte sich aufrecht hin. Den Kaplan überragte er so um einen ganzen Kopf.

„Gib mir den Stein", wies er Margaretha an.

Sie ging zu ihm, streckte ihm die Hand mit dem Stein aber nur zögerlich entgegen.

„Ich glaube, er entfaltet nur dann seine heilende Wirkung, wenn er mit mir in Kontakt ist."

„Das werden wir sehen", sagte der Graf.

Sie gab ihm den Stein, dessen blauer Schimmer augenblicklich erlosch. Der Graf zog die Brauen hoch.

„Damit werden wir uns später befassen. Einstweilen habe ich einen Entschluss gefasst. Margaretha Schäfer, du hast Dinge getan, die nicht mit den Erkenntnissen dieser Welt erklärt werden können. Und doch", er machte ein kurze Pause, in der er den Stein betrachtete, den er noch immer in der Hand hielt, „und doch hast du Bürgern der Stadt und heute auch mir einen großen Dienst erwiesen. Da ich selbst nicht erkennen kann, wie deine Taten jemandem geschadet haben, da sie nichtsdestotrotz unerklärlich sind, will ich die Bürger selbst entscheiden lassen. Dieser Entschluss steht fest."

Niemand sagte etwas.

„Die Bürger sollen sich noch heute zur Sext auf dem Schlossplatz zusammenfinden. Wache, teilt dem Bürgermeister Stauffener mit, dass er alles für die Zusammenkunft vorbereiten soll. Der Markt fällt heute aus."

Er stand auf und trat an das vordere Ende des Podestes.

„Caspar und Elisabeth Schäfer, sie dürfen ihre Tochter bis dahin mit nach Hause nehmen. Hofapotheker Noll, ich will mich jetzt mit Ihnen in meinem Audienzzimmer beraten."

Am Schlimmsten war das Schweigen. Weder ihre Eltern noch ihre Brüder sagten ein Wort, als sie zu Hause in der Küche um den langen Holztisch saßen. Schon den Heimweg über hatten ihre Eltern nichts gesagt. Die Mutter hatte geweint, der Vater hatte ihr den Arm um die Schultern gelegt und versucht, sie zu trösten.

Die Brüder hielten ihre Blicke gesenkt, die Mutter hatte eine Stickarbeit vor sich auf dem Tisch liegen, ohne dass sie daran arbeitete. Der Vater saß mit verschränkten Händen wie zum Gebet am Kopfende. Dann brach es aus ihm heraus.

„Du hast uns enttäuscht, Margaretha. Wie oft haben wir dir gesagt, dass du dich wie ein ganz normales Mädchen benehmen sollst. Warum hast du das alles getan?"

„Ich habe es für Johannes getan. Seit er gestorben ist, mache ich mir schreckliche Vorwürfe, dass ich ihm nicht geholfen habe."

„Du? Aber was hättest du denn tun können? Du warst erst sieben Jahr alt!"

„Ich weiß schon lange, dass ich anders bin als all die anderen Menschen. Schon damals wusste ich viel, ich hätte mir die Rezepte holen können, so wie ich es in den Jahren danach getan habe. Ihm habe ich nicht geholfen, aber den anderen kranken Menschen will ich wenigstens helfen."

„Mit diesem Stein? Woher hast du ihn?"

Ihre Eltern würden ihr das nie glauben. So, wie es auch sonst niemand – außer Melchior Noll – glauben würde. Also sagte sie:

„Ich habe ihn gefunden. Hinter dem Schloss, als ich die Ringelblumen für den Verband von Jo abgeschnitten habe."

„Das ist ein Zauberstein, Margaretha. Du hättest ihn uns geben müssen, wir hätten ihn dem Bürgermeister gegeben und alles wäre gut geworden", sagte ihre Mutter und weinte wieder. „Doch jetzt? Heute Mittag entscheiden die Bürger über dein Leben, und wir können nichts dagegen tun."

Es klopfte an der Tür. Margaretha stand auf und öffnete. Melchior Noll stand davor. Jo, der in der Küche zu ihren Füßen gelegen hatte, begrüßte den Apotheker schwanzwedelnd.

„Darf ich eintreten?", fragte er die Eltern.

Der Vater stand auf und kam zur Tür.

„Haben Sie unserer Tochter diese Zaubereien beigebracht?"

„Ich weiß, wie es für Sie aussehen muss, Herr Schäfer. Bitte lassen Sie es mich erklären, aber nicht hier vor der Tür."

Der Vater zögerte.

„Ich weiß vielleicht, wie wir Ihrer Tochter helfen können."

Da ließ der Vater ihn ein.

Die Brüder machten auf ihrer Bank Platz für den Apotheker. Alle schauten ihn an.

„Obwohl ich ihn noch nicht lange kenne, denke ich, dass der Graf ein kluger Mann ist und nicht allem glaubt, nur weil es die Kirche so vorgibt. Trotzdem habe ich meine Stelle an seinem Hof, kaum dass ich sie angetreten habe, wieder verloren."

„Das ist meine Schuld", sagte Margaretha entsetzt.

„Nein. Ich hätte einfach schweigen oder ebenso lügen können wie die Bäckersfrau, dann wäre mir nichts passiert. Doch wie die Dinge stehen, ist mein Rauswurf noch die mildeste Strafe, die mir wiederfahren konnte."

„Kommen Sie zur Sache", sagte der Vater. „Wie genau können sie Margaretha helfen?"

„Ich werde bei der Versammlung nicht dabei sein. Der Graf hat mir trotz der Strafe erlaubt, euch aufzusuchen, bevor ich die Stadt verlasse. Das hätte er nicht getan, wenn er Margaretha nicht insgeheim wohlgesonnen wäre. Und hier sehe ich unsere Chance, Margaretha."

„Unsere?" Sie verstand nicht.

„Wenn eure Tochter mit mir kommt, können wir gemeinsam die Stadt verlassen und möglichst weit weggehen. Draußen steht mein Wagen. Wir haben das Versteck bereits einmal ausprobiert. Doch wir müssen uns beeilen. Den anderen erzählen Sie, Margaretha hätte sich aus dem Haus gestohlen, und Sie wüssten nicht, wo sie sei."

Der Vater runzelte die Stirn.

„Woher sollen wir wissen, dass Margaretha bei einem Hofzauberer wie Ihnen in guten Händen ist?"

„Ich will meine Tochter nicht verlieren!" Elisabeth stand auf, nahm Margaretha auf ihrem Platz auf der Bank in den Arm und drückte sie an sich.

„Ich fürchte, Sie werden sie genau dann verlieren, wenn sie hier bleibt", sagte Noll leise. Er stand auf und schaute aus dem Fenster zur Gasse hin.

„Noch ist alles ruhig. Aber wir können davon ausgehen, dass die Bäckersfrau alles Erdenkliche versuchen wird, um unter den Bürgern Stimmung gegen Margaretha zu machen. Bitte entscheiden Sie sich!"

Margaretha löste sich aus der Umarmung ihrer Mutter und stand auf.

„Ich werde mit Ihnen kommen."

Zu ihren Eltern gewandt sagte sie:

„Vater, Mutter, ich möchte euch keinen weiteren Schaden zufügen. Es ist das Beste."

Die Eltern widersprachen nicht. Sie kannten ihre Tochter. Margaretha umarmte beide nacheinander und gab jedem der Brüder einen Kuss auf die Wange.

„Komm, Jo."

Der Hund sprang auf und lief zur Tür.

„Ich bin fertig", sagte sie zu Melchior Noll.

Der warf einen Blick zur Tür hinaus.

„Schnell, es ist niemand zu sehen."

Margaretha setzte Jo in den hölzernen Aufbau auf dem hinteren Teil des Wagens und stieg selbst hinein. Noll schloss die Tür.

Der Wagen stoppte. Durch die Ritzen in dem Holzverschlag sah sie, dass sie genau in der Kurve standen, wo die gepflasterte Straße durch die Neustadt eine Kehre nach links machte und zum Untertor hinführte. Nach rechts zweigte die enge Gasse ab, an deren Ende ihre Hütte stand.

Die Tür zum Wagen öffnete sich einen Spalt.

„Wir sind da", hörte sie Noll leise sagen.

„Sie wussten über meinen Plan Bescheid?" Margaretha war überrascht.

„Gewusst ist zu viel gesagt. Ich habe es eher befürchtet. Du kannst es dir immer noch überlegen. Du weißt, ich freue mich sehr, wenn du mit mir kommst."

„Danke Herr Noll, dass Sie sich für mich eingesetzt haben. Aber ich muss einfach dorthin gehen."

„Ich weiß."

„Kann ich rauskommen?"

„Ja, niemand zu sehen. Wahrscheinlich sind sie schon alle auf dem Schlossplatz, damit sie auch einen Platz in den ersten Reihen bekommen."

Er öffnete die Tür ganz. Jo sprang hinaus und lief ein Stück in die Gasse hinein. Margaretha stieg ebenfalls aus. Sie schlang ihre Arme um Melchior Nolls Hüften.

„Geh schnell, bevor doch noch jemand kommt", sagte er und wischte sich eine Träne ab, die ihm über die Wange lief. „Ich warte am Kloster Marienborn bis zur Vesper, falls etwas bei deinem Versuch schiefgeht."

Margaretha nickte. Dann lief sie in die Gasse hinein. Nach ein paar Schritten drehte sie sich noch einmal um. Nolls Wagen rumpelte in Richtung Stadttor.

Sie rannte die letzten Meter zur Hütte, vor deren Tür Jo auf sie wartete. Hoffentlich hatte in der Zwischenzeit niemand die Sachen geholt, die sie in der Hütte verstreut hatte zurücklassen müssen.

Sie drückte die Tür auf. Auf den ersten Blick sah sie, dass alles so war, wie sie es verlassen hatte. Sie legte das letzte Stück von Johannes´ Hemd in die Erdmulde, schüttete Gelbpulver darauf und zündete alles an. Dann nahm sie Jo auf den Arm und schritt in die blaue Flamme.

Kleines Glossar

Alchemie Ein Ziel der Alchemisten war häufig die Transmutation von unedlen Metallen zu Gold und Silber. Der Stein der Weisen, glaubten die Alchemisten, war entweder eine Tinktur, mit der eben diese Umwandlung möglich war. Etliche von ihnen waren aber auch überzeugt davon, dass es sich bei dem Stein um ein Allheilmittel handelte.

Barett Eine flache, runde oder eckige Kopfbedeckung aus Filz, Wollstrick, Stoff, Samt oder gefütterter Seide ohne Schirm oder Krempe.

Felleisen Ein Felleisen ist ein meist lederner Rucksack, wie er früher von Handwerksgesellen auf der Wanderschaft getragen wurde.

Geldkatze Frühere Bezeichnung für einen Geldbeutel.

Kiepe Eine Tragevorrichtung für den Rücken, oft aus Weidenruten geflochten.

Kriechkeller In den ältesten Häusern der Büdinger Altstadt, die zum Teil aus dem 16. Jahrhundert stammen, gibt es nur Keller, in die man hineinkriechen muss. Das liegt daran, dass der Untergrund im Seemenbachtal sumpfig ist, es konnte nicht tiefer gegraben werden. Die gesamte Altstadt ist wegen des sumpfigen Bodens unterirdisch auf Holzpfählen gebaut.

Schirn und Schlaghaus Das Fleisch wurde im 16. Jahrhundert in Büdingen nicht im Laden, sondern auf Fleischbänken im Schlachthaus, damals Schlaghaus, verkauft. Dieses Schlaghaus wurde auch Schirn genannt, es lag am Küchenbach auf dem damaligen Damm, der Alt- und Neustadt teilte.

Schwefelexperiment Hier beginnt die Fantastik. Wird Schwefel verbrannt, brennt er zwar mit einer wunderschönen, blauen Flamme. Darüber hinaus ist alles erfunden.

Sext, Vesper, Komplet Drei von mehreren Gebetszeiten (Horen) in der katholischen und zum Teil auch evangelischen Kirche. Die Sext wird am Mittag, die Vesper am Abend und die Komplet zur Nacht gebetet.

Tabula Smaragdina Die Tabula ist einer der grundlegenden Texte der Alchemie. Sie stammt aus Ägypten und besteht aus zwölf bis dreizehn Sätzen, die auslegungsbedürftig sind. Ihre Entstehung wurde in Legenden Hermes Trismegistos zugeschrieben, einer Vereinigung aus dem griechischen Gott Hermes und dem ägyptischen Gott Thot. Es gibt lateinische und deutsche Übersetzungen.

Zeidler Bis ins 17. Jahrhundert hinein hatten sich Männer darauf spezialisiert, von Wildbienen Honig einzusammeln. Das waren die sogenannten Zeidler.

Zur Erzählung

Die Handlung ist erfunden, ebenso die meisten Namen. Viele der genannten Orte im historischen Büdingen hingegen gab es damals. Trotz aufwändiger Recherchen war nicht mit Sicherheit herauszubekommen, ob im Schloss Ysenburg im Jahr 1552 wirklich Graf Reinhard residierte. Aber es könnte so gewesen sein.

Autorenporträt: Petra Zeichner

Petra Zeichner, M.A. Germanistik, ist hauptberuflich Redakteurin bei der Frankfurter Rundschau. Ihr Hobby ist das literarische Schreiben. Sie veröffentlichte bisher einen Katzenkrimi und eine Erzählung in der Anthologie „Unterwegs in der Wetterau". Ein zweiter Roman ist in Arbeit. www.pz-komm.de.

Jule Heck
Jule Heck
Jule Heck
Jule Heck
Jule Heck
Jule Heck
Jule Heck
Jule Heck
Jule Heck
Jule Heck
Jule Heck
Jule Heck

Jule Heck

Jule Heck

Jule Heck

Jule Heck

Jule Heck

Jule Heck

Jule Heck

Jule Heck

Jule Heck

Jule Heck

Jule Heck
Jule Heck
Jule Heck
Jule Heck
Jule Heck

Die Störche

Es geschah an einem Samstag im Sommer. Wilhelm war mit seinem Freund Richard und seiner kleinen Schwester Luise in den Wiesen an dem kleinen Fluss bei Gambach unterwegs. Die Wetter schlängelte sich hier durch die fruchtbare Landschaft und gab der Region, der Wetterau, ihren Namen. Getrocknetes Heu verbreitete einen wunderbaren Geruch und wartete darauf, von den Bauern mit ihren Pferdefuhrwerken nach Hause in die Scheunen gebracht zu werden. Dort wurde es als Futter für Pferde, Kühe und Ziegen eingelagert.

Die Freunde wollten die Störche beobachten, die hoch über dem Boden in Ihren Nestern aus Ästen, die sie auf Wagenrädern oder in Bäumen gebaut hatten in den Wiesen zwischen Gambach und Ober-Hörgern, ihr zu Hause hatten. Wilhelm hörte die Jungstörche mit den Schnäbeln klappern. Er wusste, dass sie erst vor wenigen Wochen geschlüpft waren und noch nicht selbständig fliegen konnten. Ihre Schnäbel hatten noch eine schwarze Farbe und ihr Gefieder war noch flauschig weiß. Erst Ende Juli, Anfang August würden sie das Fliegen erlernen. Unter Anleitung ihrer Eltern würden sie es üben, damit sie im Herbst zum Überwintern in den Süden aufbrechen könnten.

Wilhelm und sein Freund beobachteten ein Nest, aus dem sich gerade ein Storch in die Luft erhoben hatte. Der Größe nach zu urteilen, war es der Vater der Familie, der Futter für die Jungstörche besorgen wollte. In den Wiesen gab es reichlich Nahrung für die Vögel, die vom Frühjahr bis zum Herbst hier beheimatet waren. Frösche und Nagetiere, kleine Schlangen und Kaulquappen gehörten zu ihrem Speiseplan.

Seine Schwester Luise jauchzte vor Vergnügen, als sie den großen weißen Vogel mit seinen schwarzen Flügeln davonschweben sah.

„Schau, das ist ein Klapperstorch", hörte Wilhelm seinen Freund Richard zu Luise sagen.

Wilhelm kletterte ein Stück am Stamm, an dessen oberen Ende ein ausgedientes Wagenrad als Untersatz für ein Nest diente, empor. Mit aller Kraft rüttelte er an dem Holz. Der Stamm bewegte sich jedoch nur minimal hin und her. Er versuchte sich weiter nach oben zu ziehen, doch das glatte Holz ließ ihn immer wieder nach unten rutschen. Er stellte sich auf den Boden und rüttelte erneut an der Halterung des Nestes. Der Schnabel eines Jungstorches ragte neugierig aus dem Nest.

„Hör doch auf damit, lass die Störche in Ruhe", hörte er seinen Freund Richard sagen, du möchtest doch auch nicht, dass jemand dein Haus beschädigt."

„Ach, sei still. Ich hasse diese Vögel", schrie er und rüttelte weiter. Sein Gesicht war wutverzerrt.

„Komm doch, Meister Adebar!", rief er höhnisch in die Höhe.

Plötzlich löste sich ein weißes Etwas aus dem Storchennest hoch über ihnen, fiel in die Tiefe und hätte den Störenfried beinahe am Kopf getroffen. Ein Storchenjunges in einem weißen Daunenkleid und schwarzem Schnabel lag vor Wilhelms Füßen.

Wilhelm starrte es widerwillig an. Den Sturz hatte es überlebt, denn es atmete hektisch, die Augen weit aufgerissen.

„Schade, dass nur eins herausgefallen ist." Wilhelm trat nach dem Jungstorch, kickte ihn über den Boden wie einen Ball.

Seine Schwester Luise begann zu schreien. Sie war noch zu klein, um ihn zu bitten, damit aufzuhören. Doch sie war alt genug, um zu wissen, dass das, was er tat, nicht in Ordnung war.

Wilhelm ließ sich nicht aufhalten. Immer wieder nahm er den kleinen Vogel auf die Spitze seines rechten Schuhes und kickte ihn vor sich her. Je mehr er kickte, umso mehr schrie seine Schwester und Richard flehte ihn an, den Jungstorch nicht länger zu quälen. Aus den Augenwinkeln sah Wilhelm, dass der Freund die Schwester auf den Arm nahm und sich mit ihr wegdrehte, damit sie nicht mit ansehen musste, wie er mit dem zarten Etwas umging.

Aus dem Nest über ihnen vernahm Wilhelm aufgeregtes Geklapper. Auch das konnte ihn nicht aufhalten.

Sein ganzer Zorn auf die Störche entlud sich nun. Als kleiner Junge hatte er sich einen Bruder gewünscht, einen Kameraden, mit dem er spielen konnte. Seine Mutter hatte ihm erzählt, dass der Klapperstorch die Kinder bringe. Um ihn freundlich zu stimmen, müsse man abends Zucker auf die Fensterbank streuen. Das hatte er getan, viele Jahre lang.

Er war bereits zehn, als sein Wunsch endlich in Erfüllung ging und seine Mutter ihm offenbarte, dass der Klapperstorch ihr ein Kind bringen würde. Er hatte sich unbändig über die Nachricht gefreut und sofort Pläne geschmiedet, was er alles mit dem Bruder anstellen könnte. Die Zeit bis zur Geburt verging ihm viel zu langsam. Immer wieder hatte er die Mutter gefragt, wann es denn endlich soweit sei. Nach neun Monaten brachte die Mutter endlich das Kind zur Welt. Aber es war nicht der ersehnte Bruder, sondern nur eine Schwester, klein und hässlich.

Wilhelm war maßlos enttäuscht. Was sollte er denn mit einem blöden Mädchen anfangen? Die heulten doch bei jeder Kleinigkeit. Außerdem war das Kind noch viel zu klein und zart, konnte ja nicht mal laufen und müsste erst noch wachsen, bevor man etwas mit ihm anfangen könne. Während die Mutter ihn damit tröstete, dass man auch mit einem Mädchen sehr gut spielen könne, verwöhnte der Vater das Neugeborene, das er seine Prinzessin nannte. Wilhelm selbst fand kaum noch Beachtung bei den Eltern. Ständig kamen die Nachbarn, Verwandten und

Freunde der Familie, um das kleine Wunder, das sich nach so vielen Jahren eingestellt hatte, zu begutachten. Alle fanden das Baby herzallerliebst.

Damals hatte er sich Richard, einem Klassenkameraden angeschlossen, der mit ihm die höhere Schule in Butzbach besuchte. Er tat das nicht, weil er ihn so gut leiden konnte, sondern weil der neue Freund aus einfachen Verhältnissen stammte, nicht wie er selbst aus einem feinen Haus. Er wusste, dass dies seinem Vater, dem Dorfarzt, nicht recht war. Sein Vater legte großen Wert auf den richtigen Umgang und ermahnte ihn immer wieder, sich Freunde aus den gleichen Kreisen zu suchen. Doch er mochte weder den Sohn des Dorfschullehrers noch den des Pfarrers. Beide waren Langweiler und saßen immer nur hinter ihren Büchern.

Mit Richard konnte er durch die Wiesen rund um ihren Heimatort streifen, in der Wetter Kaulquappen fangen. Heimlich liefen sie zur „Höll" bei Rockenberg oder suchten die Überbleibsel des Galgens bei Münzenberg auf. In den Ferien liefen sie bis zur Burg, die hoch über Münzenberg thronte und erklommen die Mauern, um im Innenhof mit anderen Kindern Ritterspiele zu veranstalten. Im Winter hatten sie ihren Spaß auf den zugefrorenen Wetterwiesen. Dort konnten sie stundenlang auf ihren Kufen über das Eis rutschen. Wenn der erste Schnee fiel, nahmen sie ihre Schlitten und fuhren vom Basaltwerk den *Kneiben* hinab bis ins Dorf und an Ostern ließen sie ihre bunten Eier den Hang am *Osterstein* hinunterkullern.

Jeden Morgen mussten sie fünf Kilometer bis zur Schule zu Fuß zurücklegen, egal, ob es regnete oder die Sonne schien, ob es morgens schon hell oder noch dunkel war, auch im Winter bei Eis und Schnee. Wenn sie Glück hatten, nahm sie ein Bauer auf seinem Pferdefuhrwerk mit. Ein Automobil kam nur selten vorbei.

Nachdem Luise das dritte Lebensjahr erreicht hatte, durfte er nicht mehr so oft mit Richard zusammentreffen. Immer öfter musste er auf die kleine Schwester aufpassen, damit die Mutter in der Praxis des Vaters mithelfen konnte. Sobald Luise laufen konnte, folgte sie ihm auf Schritt und Tritt. Sie gebärdete sich wie eine Klette und ließ sich auch nicht davon abschrecken, wenn er sie beschimpfte. Der Vater befahl ihm, sie zum Spielen mit nach draußen zu nehmen. Alsbald begann er Luise zu hassen und noch mehr hasste er Störche, die er für sein Unglück verantwortlich machte. Aber das hatte er bis heute niemandem verraten. Er hatte nur auf eine günstige Gelegenheit gewartet, sich an den Vögeln zu rächen.

Sein Freund Richard störte die Anwesenheit von Luise nicht. Er hatte vier kleinere Brüder und war es gewohnt, auf andere Rücksicht zu nehmen und zu teilen.

Bisher waren sie trotz aller Unterschiede gut miteinander ausgekommen, obwohl Wilhelm wusste, dass seinen Freund so mancher Wesenszug an ihm störte. Je mehr Richard ihn nun anflehte mit der Quälerei des kleinen Storches aufzuhören, umso mehr trat er nach dem hilflosen Wesen. Jetzt sprang er mit beiden Füßen auf die im Staub liegende Kreatur und machte ihr endgültig den Garaus. Das Brechen des

Schnabels und der dünnen Knochen verursachte ein grausiges Geräusch. Doch Wilhelm lachte nur.

„He, ihr Lausebengel", hörte er den Müller rufen, der aus dem Hof der nahe liegenden Mühle gerannt kam, „was macht Ihr da?"

„Komm schnell, lass uns verschwinden", forderte Richard den Freund auf und eilte ihm voraus in das nahe gelegene Gebüsch an der Wetter. Hier konnten sie sich zwischen den Ästen verstecken und in Ruhe abwarten. Der Fluss führte nicht viel Wasser. In diesem Sommer hatte es kaum geregnet. Sie könnten ohne große Probleme über die im Wasser liegenden Steine auf die andere Seite gelangen.

Doch als er in das Flussbett sah, bemerkte er eine blutige Suppe, die an das Ufer schwappte. Ein Geruch aus Verwesung drang in seine Nase. Offensichtlich hatte man hier ein Tier geschlachtet, dachte er.

Seine Gedanken wurden abrupt unterbrochen. „Ihr Saubande, was habt Ihr dem armen Vogel angetan? Wartet nur, wenn ich euch erwische, dann mache ich mit euch das Gleiche", hörte Wilhelm den Müller schreien.

„Das war nicht recht von dir", sprach nun Richard, der immer noch Luise auf dem Arm trug, zu ihm, „du hast ein unschuldiges Wesen getötet."

„Ach, hab dich doch nicht so. War doch nur ein blöder Storch. Davon gibt es doch genug hier in den Wetterwiesen. Schau dich doch um. Überall sitzen sie in den Bäumen und diesen blöden Wagenrädern. Da kommt es auf einen mehr oder weniger doch nicht an."

Wilhelm grinste den Freund an. Ohne weiter auf das Geschrei des Müllers zu achten, stapfte er durch das Gras am Fluss entlang. Es kam ihm heute besonders grün und glitschig vor. Er hörte Frösche quaken und kleine Mäuse in ihren Löchern verschwinden.

An der steinernen Brücke wollte er gerade auf den festgefahrenen Feldweg treten, als er ein Pferdefuhrwerk wahrnahm. Der Sohn des Müllers lenkte die Pferde aus Richtung Münzenberg kommend.

Wilhelm gab Richard ein Zeichen sich still zu verhalten. Sie duckten sich neben der Brückenmauer und ließen das Gespann passieren. Erst als das Fuhrwerk sich weiter entfernt hatte, trat er auf den Feldweg und ging zielstrebig in Richtung Dorf.

Die Kirchturmuhr schlug sechs Mal. Es war Zeit, nach Hause zurück zu kehren, um pünktlich am Abendbrottisch zu erscheinen. Richard folgte ihm in einiger Entfernung mit der weinenden Luise auf dem Arm. Seine Schwester ließ sich nicht beruhigen.

Plötzlich vernahm Wilhelm ein seltsames Geräusch, das er nicht zuordnen konnte. Ein zunächst leises Quieken steigerte sich zu einem lauten Zischen. Ein Luftzug streifte ihn, begleitet von einem Schatten, der sich über sein Haupt legte. Ein ausgewachsener Storch umkreiste seinen Körper. Die merkwürdigen Töne kamen aus dem langen, spitzen, auf- und zugehenden Schnabel des großen Vogels. Wilhelm schlug nach ihm. „Verschwinde, du blöder Storch. Oder ich töte dich auch." Der Storch spannte seine Flügel weit. Majestätisch glitt er davon.

Dicke Quellwolken stiegen nun am Himmel auf. Ein heftiger Wind wirbelte Blätter durch die Luft.

„Richard, wir müssen uns beeilen. Es wird ein Gewitter geben", rief Wilhelm seinem Freund zu und zeigte mit ausgestrecktem Arm zum Firmament.

„Was redest du da? Es ist ein wunderschöner Sommerabend", erwiderte der Freund verwundert, der immer noch einige Meter hinter ihm ging. Wilhelm sah ihn ungläubig an. War sein Freund verwirrt oder warum konnte er die aufsteigenden Gewitterwolken nicht erkennen? Wie große Pilze standen sie am Himmel. Der erste Blitz fuhr zackig zu Boden und verwandelte die graue Farbe des Himmels in ein unheilvolles Violett. Wilhelm blieb stehen. Mit offenem Mund sah er dem Farbenspiel zu, das von Violett zu Schwefelgelb und dann zu einem merkwürdigen Grün wechselte. Schließlich begann es zu regnen. Schwere Regentropfen, rot wie Blut, klatschten auf ihn hernieder.

Wilhelm begann zu rennen. Als er den Dorfrand erreichte, löste sich das Gewitter genauso schnell auf, wie es gekommen war. Richard folgte ihm keuchend. „Was ist denn nur los? Warum rennst du so?" Wilhelm schüttelte den Kopf. Er konnte dem Freund nicht sagen, was er soeben erlebt hatte.

Richard drückte ihm seine Schwester in den Arm und eilte ohne einen Abschiedsgruß davon. Wilhelm sah dem Freund nach, der mit hängenden Schultern, den Kopf nach unten gerichtet, wegging.

„Was ist denn mit Luise geschehen? Sie ist ja ganz verstört", kam es vorwurfsvoll von der Mutter, als er sein Elternhaus betrat.

„Ich glaube, es hat sie etwas gestochen", log er die Mutter an.

Er war sicher, dass Luise ihn nicht verraten würde. Sie konnte sich mit ihren drei Jahren ja noch nicht richtig ausdrücken. Die Mutter untersuchte das Mädchen, konnte aber nichts finden. Auch der Vater, der aus seiner Landarztpraxis heimgekehrt war, konnte nichts entdecken.

Wilhelm hatte gerade den ersten Bissen in den Mund geschoben, als der schwere Ring gegen das Eisen an der Eingangstür klopfte.

„Ich gehe schon", sein Vater erhob sich von seinem Stuhl, „womöglich ein Patient", und verließ das Speisezimmer. Kurz darauf kehrte er mit dem Sohn des Müllers zurück. Wilhelm erschrak, bemühte sich aber, sich nichts anmerken zu lassen.

„Wilhelm, warst du heute Nachmittag in der Nähe der Mühle?", fragte ihn sein Vater ohne Umschweife. Er wusste, dass es zwecklos war, seinen Vater anzulügen. Der Müller hatte ihn ja gesehen. Er nickte stumm.

„Du hast einen Jungstorch getötet!", sprach der Sohn des Müllers zu ihm.

„Nein, hab ich nicht", antwortete Wilhelm selbstbewusst, ohne dem Blick des Müllersohns auszuweichen. Seine Schreckenstat konnte er unmöglich zugeben.

„Wer war es dann?", wollte der späte Gast wissen.

„Keine Ahnung. Der lag schon da, als wir dort ankamen", folgte die nächste Lüge aus seinem Mund. Er war sich sicher, dass der Müller nicht in Gänze beobachtet hatte, was er angerichtet hatte. Heftig blinzelte er mit den Augen.

„Wer hat den Jungstorch so zugerichtet, wenn du es nicht warst?" Bevor Wilhelm antworten konnte, schoss sein Vater die nächste Frage ab: „Warst du wieder mit diesem Taugenichts zusammen, diesem Richard?" Wilhelm nickte stumm. „Da haben wir es, es muss der Junge des Schusters gewesen sein. Der hat bestimmt den Vogel auf dem Gewissen", hörte er seinen Vater sagen, „ich wusste schon immer, dass der kein guter Umgang für meinen Sohn ist."

Der Vater führte den Mann aus der Stube und schloss die Tür hinter sich. Wilhelm hörte die beiden Männer in der Diele miteinander sprechen, konnte aber nicht verstehen, was sie sagten.

„Wilhelm, ich möchte nicht, dass du weiter mit diesem Taugenichts verkehrst", sprach der Vater, als er das Zimmer betrat, „ich werde dafür sorgen, dass er die Schule verlässt. Wer sich nicht benehmen kann und unschuldige Kreaturen mordet, hat auf einer höheren Lehranstalt nichts verloren. Habe ich mich verständlich ausgedrückt, mein Junge?" Wilhelm war der Zorn in seines Vaters Stimme nicht entgangen. Er musste sich wohl fügen. Wieder nickte er, ohne einen Ton von sich zu geben. „Geh jetzt zu Bett", befahl ihm der Vater.

Wilhelm hatte genug von der Schelte und dem anhaltenden Genörgel seiner Schwester, die immer noch schluchzende Laute von sich gab. Der Appetit war ihm ohnehin vergangen.

Ohne ein weiteres Wort ging er hinauf in seine Kammer. Er blickte aus dem Fenster. Die Dämmerung senkte sich langsam über das Dorf. Auf dem Dach des gegenüberliegenden Hauses, stand ein Storch auf einem Bein und sah zu ihm herüber. Sonderbar, dachte Wilhelm. Die Störche kamen selten ins Dorf. Er legte sich aufs Bett. Obwohl er kein Unrecht in seinem Tun erkennen konnte, fand er lange keinen Schlaf. Er warf sich auf der Matratze hin und her und grübelte darüber nach, wie er seinem Freund Richard begegnen sollte.

Die Kirchturmuhr hatte bereits elf Mal geschlagen. Die Müdigkeit hatte ihn übermannt und ihn in einen unruhigen Dämmerzustand versetzt. Ein Geräusch weckte ihn auf. Etwas klopfte gegen das Holz des Fensterladens. Zunächst glaubte er, einer Sinnestäuschung erlegen zu sein, doch als das Klopfen nicht aufhörte, stand er auf und ging ans Fenster. Arglos öffnete er es und stieß die Flügel des Fensterladens auseinander. Er beugte sich vor und sah hinaus, taumelte sogleich erschrocken zurück. Vor ihm tauchte ein Storchenkopf auf. Der lange Schnabel bewegte sich bedrohlich auf ihn zu. Die Augen des Vogels blickten ihn starr an. Wilhelm war es unheimlich zumute. Was sollte das bedeuten? Er näherte sich wieder dem Fenster und winkte mit den Armen: „Verschwinde, du blöder Storch. Lass mich in Ruhe!", schrie er. Doch der Vogel starrte ihn ungehindert an.

Wilhelm schlug den Fensterflügel zu und kroch unter seine Decke.

Nach einer unruhigen Nacht fiel er erst am frühen Morgen in einen Tiefschlaf. Die ganze Zeit hatte ihn das Bild des Storches verfolgt.

Es war Sonntag und er konnte etwas länger schlafen. Erst spät verließ er das Haus, um mit seiner Familie in die Kirche zu gehen. Als er hinter seinen Eltern aus der Tür trat, bemerkte er einen Storch auf der gegenüberliegenden Straßenseite. Der Vogel stelzte auf seinen langen Beinen parallel zu seinem Weg, ohne ihn aus den Augen zu lassen. Seine Eltern schienen den merkwürdigen Wegbegleiter nicht wahrzunehmen. Ob sie ihn nicht sehen konnten?

Vor der Kirche traf er Richard, der ihn traurig anschaute. „Du musst deinem Vater die Wahrheit sagen. Er war gestern Abend mit dem Sohn des Müllers bei uns zu Hause und hat mir angedroht, mich von der Schule weisen zu lassen. Du weißt, dass ich nichts gemacht habe. Also bring das wieder in Ordnung", flehte ihn der Freund an. Der Vater zog ihn von Richard weg und zwang ihn, sich zu ihm in die Reihe zu setzen. Wilhelm bemühte sich, der Predigt des Pfarrers zu folgen. Ausgerechnet heute sprach der Geistliche über das achte Gebot: „Du sollst nicht falsches Zeugnis wieder deinen Nächsten abgeben." Als ob der Pfarrer von seinem Vergehen Kenntnis hätte, traf der Predigttext genau auf ihn zu. Wilhelm hatte das Gefühl, dass der Pfarrer ständig in seine Richtung schaute. Als die Gemeinde schließlich das „Vaterunser" sprach und sie nach dem Segen entlassen wurde, eilte Wilhelm erleichtert aus der Kirche. Der Pfarrer streckte ihm die Hand zum Abschied hin und sagte: „Bei allem was du tust, handele klug und bedenke das Ende." Noch während er sprach, stellte Wilhelm zu seinem Entsetzen fest, dass sich der Kopf seines Gegenübers verwandelte. Zwei dunkle Augen fixierten ihn, ein langer Schnabel kam ihm bedrohlich nahe. Auf den Schultern des Pfarrers saß ein Storchenkopf.

Wilhelm riss sich los und lief durch die engen Straßen des Dorfes hinaus ins Feld. Der Himmel hatte eine schwefelgelbe Farbe angenommen, so, als ob gleich ein Gewitter hernieder gehen würde. Eine unheilvolle Stille lag über dem Land. Plötzlich wurde sie von einem Schwirren von hundertfachen Flügelschlägen unterbrochen. Das Geräusch kam immer näher und versetzte ihn in Angst. Über ihm schwebten Hunderte von Störchen hinweg. Wilhelm rannte um sein Leben, zurück in die schützende Nähe der Häuser. Keuchend kam er bei seinem Elternhaus an. Die Tür war verschlossen. Die Eltern waren noch nicht zu Hause. Er kauerte sich auf den Boden, machte sich ganz klein und wartete angstvoll auf die Rückkehr von Vater und Mutter.

In der Nacht wurde er erneut aus dem Schlaf gerissen. Wieder hämmerte es gegen das Holz des Fensterladens. Aber er öffnete ihn nicht.

Am nächsten Morgen erschien Richard nicht am üblichen Treffpunkt. Wilhelm musste allein den langen Weg zur Schule antreten. Langsamen Schrittes folgte er der Straße nach Butzbach. Er war müde und lustlos, seine Beine kamen ihm schwer wie Bleiwalzen vor.

Der Klassenlehrer empfing ihn und seine Mitschüler mit der Nachricht, dass einer der ihren die Lehranstalt verlassen müsse, weil er sich ungebührlich verhalten habe. Obwohl er nicht den Namen des Schülers nannte, wusste jeder, wer gemeint war. Denn der Platz neben ihm blieb leer. Hier hatte Richard gesessen. „Der junge Mann", sagte der Lehrer ironisch,

„wird nun das Schusterhandwerk erlernen, so wie es auch sein Erzeuger getan hat." Jetzt erklärte sich auch das Fernbleiben des Vaters vom sonntäglichen Kaffeetrinken. Er musste noch gestern bei dem Direktor der Schule vorgesprochen haben.

Sein Vater hatte also endlich sein Ziel erreicht und ihn von seinem Freund getrennt, dachte Wilhelm und das alles wegen eines blöden Vogels. Während er über diese Ungerechtigkeit nachdachte, die er selbst verursacht hatte, verwandelte sich der Lehrer vor seinen Augen in einen Storch. Er stelzte vor der Klasse auf und ab. Sein Schnabel klapperte unaufhörlich. Der Kopf bewegte sich vor und zurück. Seine Mitschüler verhielten sich ganz normal, so, als ob ein Mensch aus Fleisch und Blut vor Ihnen stünde.

Die Geschichte gestaltete sich immer unheimlicher. In der Pause begegnete er dem Pedell auf dem Schulhof. Er wusste, dass der Mann ihn nicht leiden konnte. Der Mann sah ihn grimmig an. Ohne Vorwarnung verwandelte er sich plötzlich in einen Storch, der nun, den Kopf mit dem langen Schnabel vor und zurückschnellend, auf ihn zu stelzte. Eilig ergriff Wilhelm die Flucht.

Er blieb abseits von seinen Mitschülern stehen, hatte keine Lust auf eine Erklärung, warum Richard die Schule hatte verlassen müssen. Offenbar hatte der treue Freund ihn nicht verraten. Durch ihn war Richard nun zum Außenseiter geworden. In ihrem Heimatort würde kein Mensch mehr mit dem Sohn des Schusters reden, wenn sich seine angebliche Missetat erst einmal herumgesprochen hatte. Womöglich hätte auch der Schuster unter der Verfehlung seines Sohnes zu leiden. Die Leute auf dem Dorf waren nachtragend und allzu schnell bereit, jemanden fallen zu lassen. Dennoch hatte Wilhelm nicht vor, seinen Eltern, dem Lehrer und seinen Mitschülern reinen Wein einzuschenken.

Missmutig trat er den Heimweg an. Mit Richard hatte es viel mehr Spaß gemacht. Immer wieder hatten sie die Straße verlassen und waren am Flussufer entlanggelaufen. Manchmal waren sie bei sehr hohen Temperaturen in den Fluss gesprungen, um sich abzukühlen.

Die nächsten Jahre würde er nun täglich den Schulweg alleine bestreiten müssen und das alles nur wegen des blöden Storches.

Auch als der Himmel sich erneut veränderte, zunächst eine schwefelgelbe und dann violette Farbe annahm und eine große Schar Störche über ihn im Tiefflug hinwegschwebte, kam er nicht auf den Gedanken, dass er seine Tat gestehen müsse.

Die Vogelschar kam bedrohlich näher, zwang ihn auf den Boden. Flach lag er auf dem Kopfsteinpflaster, als sich ein Einspänner näherte. Ein Pferd hielt schnaubend neben ihm. Er sah auf, erkannte seinen Vater auf dem Kutschbock.

„Wilhelm, warum liegst du denn am Boden? Ist dir nicht gut?", rief ihm der Vater zu, als er abstieg. Wilhelm, der an allen Gliedern schlotterte, ließ sich von seinem Vater auf die Beine helfen und kletterte auf den Sitz.

„Es ist ein so herrlicher Sommertag. Da kann es einem doch gar nicht schlecht gehen." Offenbar konnte sein Vater die Verfärbung des Himmels nicht sehen, die jetzt zu einem satten Grün gewechselt hatte. Die ganze Landschaft wechselte ständig die Farbe. Die Wiesen waren rot und der Himmel gelb, die Frucht auf den Feldern nicht braun, sondern blau. Wilhelm schloss die Augen. Er würde das bedrohliche Farbenspiel einfach ignorieren.

„Vater, hast du dafür gesorgt, dass Richard die Schule verlassen musste?" Auf die Fragen seines Vaters war er gar nicht eingegangen.

„Natürlich habe ich das. Die Sache mit dem Storch kann man nicht ungeschehen machen, aber man kann dafür sorgen, dass sich so etwas nicht wiederholt. Richard musste für seine Tat bestraft werden."

„Aber es war doch nur ein dummer Vogel, Vater", erwiderte Wilhelm, „warum macht Ihr denn alle so ein Aufhebens um dieses gefiederte Viech?"

„Mein lieber Junge, du musst deinen vermeintlichen Freund nicht in Schutz nehmen. Sein Vater hat mir gesagt, dass Richard ihm gebeichtet habe, du seist am Tod des Jungstorches schuld. Du hättest ihn aus dem Nest gestoßen und auf ihm herum getrampelt. Das ist ja wohl eine ungeheuerliche Lüge. Außerdem behauptete er, du würdest Fliegen die Beine ausreißen und Spinnen mit der bloßen Hand erschlagen."

Wilhelm hörte ungläubig zu. Also hatte Richard doch nicht geschwiegen. Aber offenbar hatte es ihm nichts genutzt. Vater glaubt mir mehr als dem Sohn eines Schusters, dachte er.

„Nein, nein, Richard hat seine gerechte Strafe erhalten. Er soll da bleiben, wo er hingehört. Es heißt nicht umsonst, Schuster bleib bei den Leisten. Nicht auszudenken, dass so jemand am Ende Arzt wird, so wie ich und du."

Für seinen Vater stand also schon fest, dass er Medizin studieren würde. Dabei waren seine Noten gar nicht so gut. Richard dagegen hätte wirklich das Zeug für ein Medizinstudium gehabt. Er war eindeutig intelligenter als er, aber das sagte Wilhelm seinem Vater nicht.

Zu Hause angekommen, war die Straße voller schwarz-weißer Störche. Die Flügel eng am Körper drängten sie sich vor dem Haus dicht aneinander. Sein Vater stoppte den Wagen und ließ ihn aussteigen.

„Wir sehen uns später zum Abendessen. Ich bin stolz auf dich, mein Sohn", er lächelte Wilhelm aufmunternd an, „nicht auszudenken, dass du solche schlimmen Sachen machen würdest. Ich würde vor Scham im Boden versinken." Er knallte mit der Peitsche. Das Pferd setzte sich in Bewegung.

Wilhelm hielt seinen Tornister über den Kopf und lief geduckt durch die Menge der bedrohlich wirkenden Vögel zur Eingangstür. Nur widerwillig ließen ihn die Störche passieren, hackten ihm mit ihren spitzen Schnäbeln zwischen die Rippen.

Stöhnend ließ er sich auf der Bank in der geräumigen Diele nieder und hielt sich den Rücken.

„Hallo Wilhelm, was ist denn los? Du machst so ein sonderbares Gesicht."

„Mutter findest du nicht, dass der Himmel eine merkwürdige Farbe hat und siehst du nicht die Vögel vor der Tür?", fragte er sie.

„Junge, hast du Fieber?", sie griff ihm an die Stirn. „Der Himmel ist strahlendblau und vor der Tür ist nicht ein Vogel zu sehen. Alles ist ruhig wie immer. Was hast du denn?" Aus der Küchentür kam Luise. Wilhelm sah in das verweinte Gesicht seiner Schwester. Sie hängte sich an die Mutter. Ihr Gesicht verbarg sie in ihrer Schürze.

„Wilhelm, kannst du mir erklären, was Luise quält? Seit Samstag ist sie wie verwandelt." Die Mutter machte ein besorgtes Gesicht.

Luise hatte zugesehen, wie er den Jungstorch misshandelte. Er mutmaßte, dass ihr das Angst gemacht hatte. Jetzt wäre es an der Zeit gewesen, der Mutter alles zu gestehen. Aber er blieb stumm. Vielleicht konnte er so diese Klette loswerden und künftig alleine in die Wetterwiesen gehen. Aber mit wem sollte er dort herumtoben und spielen. Sein einziger Freund würde keine Zeit mehr für ihn haben. Richard musste nun in die Lehre gehen, ebenso wie die anderen Jungen seines Alters aus dem Dorf.

Außer ihm konnte es sich keiner leisten die weiterführende Schule in Butzbach zu besuchen. Nach der vierten Klasse der Volksschule waren er und Richard die einzigen Schüler gewesen, die nach Butzbach wechselten. Die Mitschüler aus seiner jetzigen Klasse wohnten alle in der Stadt oder in einem der anderen Dörfer.

Während des Abendbrots saß Luise auf dem Schoß seines Vaters. Eifersüchtig beobachtete Wilhelm, wie er der Kleinen Brotstückchen in den Mund schob, ihr immer wieder tröstend über die blonden

Locken strich. „Meine arme Prinzessin, was hast du denn nur?", fragte er sie besorgt.

„Wilhelm böse", bekam er zur Antwort von seiner Schwester. Mit ihren kleinen Fingern deutete sie auf ihn.

„Aber nein, mein Schatz, Wilhelm ist nicht böse", nahm sein Vater ihn in Schutz.

„Wilhelm böse, Wilhelm böse", wiederholte das Mädchen in einem fort und starrte ihn aus glasigen Augen an. Mit Erschrecken sah er, dass sich ihr Gesicht auflöste und stattdessen zwei große schwarze Augen und ein langer Schnabel aus einem gefiederten Schädel hervorstachen.

Wilhelm rannte vor die Tür, blieb keuchend an die Dielenwand gelehnt stehen. Wie durch einen Nebel hörte er die Mutter sagen: „Was ist nur los mit dem Jungen? Hat ihn die Geschichte so mitgenommen?"

„Wilhelm böse", erklang nun die weinerliche Stimme von Luise. Immer wieder sprach sie diese beiden Worte.

„Irgendetwas stimmt hier nicht", vernahm Wilhelm nun die Stimme des Vaters. Stuhlbeine wurden gerückt, die Tür des Speisezimmers ging auf. Der Vater trat zu ihm. „Wilhelm, was ist am Samstag noch passiert? Hat dieser Richard noch Schlimmeres angestellt? Warum seid Ihr so verstört?"

Trotzig stampfte Wilhelm mit dem Fuß auf: „Gar nichts ist passiert, lasst mich doch einfach alle in Ruhe."

Er rannte zur Haustür hinaus ins Freie. Im Dämmerlicht der Abendstunde sah er sich um. Kein Storch weit und breit. Er wusste, dass die Vögel tagaktiv waren und nachts ruhten. Er atmete tief durch. Vielleicht hatte er sich das alles auch nur eingebildet. Langsam ging er die Straße entlang. Aus den Fenstern der Häuser sah er Licht schimmern. Alles schien so friedlich.

Nichts bereitete ihn auf den Blitz, der zackig vor ihm zu Boden fuhr und die Straße erhellte, vor. Er wollte nicht glauben, was er nun sah. Um die Ecke kam eine Masse schwankender Leiber auf langen, dünnen Beinen auf ihn zu. Nun setzte das Klappern hunderter Schnäbel ein, nahm immer mehr zu, dröhnte in seinen Ohren: „Sag es, sag es, sag es!" Er hielt sich die Hände an den Kopf, drehte sich um und rannte wie der Teufel schreiend ins Haus.

Der Vater brachte ihn zu Bett und verabreichte ihm ein Beruhigungsmittel. Wilhelm fiel in einen leichten Schlaf. Doch um Mitternacht wurde er von einem Klopfen geweckt. Er kniff die Augen zusammen, zog die Decke über den Kopf, wollte nicht sehen, was da vor dem geschlossenen Laden geschah. Das Klopfen wurde immer lauter. Dazwischen erklang eine monotone Stimme: „Sag es, sag es, sag es!" Schließlich warf er die Decke von sich, sprang mit einem Satz aus dem Bett und riss den Laden auf. Direkt vor ihm war der Kopf des Storches. Böse funkelten die schwarzen Augen Wilhelm an: „Sag es, sag es, sag es!" Der lange Schnabel bewegte sich auf ihn zu.

„Hau ab, du blödes Vieh, lass mich in Ruhe, verschwinde", drohte Wilhelm mit erhobener Faust. Er schlug nach dem Schädel, doch er traf ins Leere. Er gebärdete sich wie wild, begann um sich zu schlagen und zu schreien.

„Wilhelm, was machst du denn da?" Jemand packte ihn an den Schultern und riss ihn vom Fenster weg. Wilhelm sah in die erschrockenen Gesichter seiner Eltern. „Junge, was ist denn?"

Plötzlich waren die Körper von Vater und Mutter in ein flirrendes, milchig weißes Licht getaucht. Die Luft im Zimmer schien zu knistern, zu vibrieren. Irgendetwas Unheimliches, Unerklärliches schien vor sich zu gehen, das ihm Angst machte. Wilhelm zitterte vor einer unvermutet aufgetretenen Kälte. Trotzdem stand ihm Schweiß auf der Stirn. Noch immer konnte er die Stimmen der Eltern hören. Sie drangen wie durch eine Nebelwand an seine Ohren. Doch mit Entsetzen stellte er fest, dass sie nicht aus ihren Mündern kamen. Er erblickte nur lange, spitze Schnäbel, die sich öffneten und schlossen. Als hätte sich ein Fluch erfüllt, standen zwei ausgewachsene Störche vor ihm. Wilhelm schrie entsetzt auf, drehte sich um und sprang aus dem offen stehenden Fenster. Hart schlug er auf dem Boden auf. Das letzte, was er vernahm, waren die Schreie von Vater und Mutter.

Die Eltern eilten mit einer Laterne vor das Haus, um ihrem Sohn zur Hilfe zu eilen. Wilhelm fanden sie nicht. Stattdessen lag ein zerschmetterter Jungstorch vor ihren Füßen auf dem Boden. Der schwarze Schnabel war gebrochen, das weiße, einstmals flauschige Gefieder klebte von geronnenem Blut.

Autorenporträt: Jule Heck

Mein Name ist eher bekannt als Krimiautorin aus Münzenberg. Von der Idee, zusammen mit anderen Autoren ein gemeinsames Buch mit Erzählungen, Kurzgeschichten, Fabeln und Märchen zu verfassen, war ich sofort begeistert. Seit frühester Jugend schreibe ich Geschichten, eine Fabel habe ich jedoch noch nie verfasst. Neben Märchen mit ihren wundersamen Begebenheiten, die ich meinen Kindern mit großer Begeisterung vorgelesen habe, mag ich vor allem Fabeln, weil sie sozialrealistische Züge tragen, eine hintergründig belehrende Absicht verfolgen und Tiere menschliche Eigenschaften besitzen und auch menschlich handeln können.

In meiner Fabel sind es die Störche, die ein geschehenes Unrecht anprangern und den Sündenbock in der Absicht verfolgen, ihn seine Schandtat eingestehen zu lassen, die Wahrheit zu sagen.

Wie in meinen Kriminalromanen halte ich auch in meiner Fabel der Gesellschaft einen Spiegel vor und decke Lügen und Abgründe auf. Dabei möchte ich die Phantasie der Leser anregen und ihnen Freiraum für eigene Vermutungen und Interpretationen lassen, indem ich nicht alle Situationen bis ins kleinste Detail beschreibe. Die Dramatik der Handlung zielt auf ein verblüffendes Ende der Fabel hin.

Mit meinem Mann Gernot, der mich bei meiner schriftstellerischen Tätigkeit unterstützt und Dackel Amy lebe ich in Gambach, einem Stadtteil von Münzenberg. Meinen fünften Kriminalroman habe ich gerade beendet. Zudem leiste ich jeden Monat einen

Beitrag in einem Stadtmagazin. In nächster Zeit möchte ich mich noch mehr auf das Schreiben von Kurzgeschichten konzentrieren.

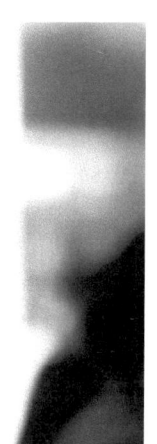

Andreas Arnold

Totenstille

Ich sehe, wie du dich panisch umblickst. Links und rechts von dir nur raue Sandsteinwände. Ich spüre, wie dich deine nackten Füße auf dem lehmigen Boden frieren lassen. Mit wirrem Blick versuchst du, in der absoluten Finsternis etwas zu erkennen, und vor allem dürstet es dich zu erfahren, wo du bist, wie du hierhergekommen bist, was geschehen ist. Nun hebst du deine Hand und fühlst deinen Hinterkopf. Die schmerzende Stelle fühlt sich heiß an. Stimmt`s?

„Wie bin ich bloß hierhergekommen? Was mache ich hier? Oh, mein Gott!", höre ich dich zum wiederholten Mal jammern. Deinen Wagen hattest du an der Seewiese geparkt, wirst du dich gewiss bald entsinnen. Was hast du anschließend getan? Hilft es dir, deine letzten erinnerlichen Schritte nachzuvollziehen? Ja, du warst danach noch spazieren. Ah, du berührst deinen schmerzenden Kopf erneut. Jetzt erinnerst du dich an den dumpfen Schlag. Auch ich habe dieses Bild vor mir, wie du ausgesehen hast, als du die Augen nach oben drehtest und, wie deiner Knochen beraubt, einfach zusammensacktest. Trotz all deiner starken Muskeln! Dann bist du erwacht. Stunden später. Zusammengekrümmt auf dem kalten Boden eines schier endlosen Tunnels. Nicht ein Lichtstrahl bricht die herrschende Schwärze. Es herrscht Stille. Totenstille! Spürst du, wie der Boden vibriert? Was mag das wohl sein?

Oh, du wirst wieder mutig. Ja, setze nur einen Fuß nach vorne. Dann noch einen. Halte deinen Blick stur geradeaus gerichtet. Kneife deine Augen ruhig zusammen. Nur nichts zu spät sehen. Nur nichts zu spät hören.

„Hallo?", höre ich dich rufen. Ach, es kann dich doch niemand hören. Das weißt du selbst zu gut. Ein so zaghafter Ruf in die Dunkelheit? „Hallo?" Oh, dieses Mal lauter. Keine Reaktion? Kein Echo? Kein einziger Laut? Wie irrational ihr Menschen doch sein könnt. Geh nur langsam voran. Das macht es spannender.

„War da ein Laut! Nein. Ich habe mich wohl geirrt. Ich drehe langsam durch."

Du atmest schwer, doch mutig schleppst du dich wieder einen Schritt nach vorne. Aber jetzt komme ich zum Zug. Wie immer in diesen Momenten, wenn ich die Angst durch die Luft zu schmecken beginne. Ich scharre auf dem Boden. Du schreist vor Schreck auf.

„Wer ist da? Zeig Dich. Wer ist da? Mir machst Du keine Angst!"

Das ist eine Lüge! Ich spüre es. Ich rieche die Lüge. Langsam gehe ich dir entgegen. Ich schlurfe absichtlich über den trockenen Lehm. Die Wände verstärken es. Es hallt wider. Du hörst die näher kommenden Schritte.

„Oh, mein Gott!"

Ich spüre, wie die Luft zwischen uns vibriert. Sie ist wie durch Elektrizität geladen. Du bist in einer Angststarre. Wie viele vor dir auch. Auch du wirst daraus erwachen, bis ich bei dir bin. Länger als zwanzig Herzschläge dauert es selten. Ich beschleunige meine Schritte. Die Geräusche auf dem Boden. Der

Widerhall von den Tunnelwänden. Du wirst wach aus deiner Trance. Ein Schrei. Aus den Tiefen der Seele. Ich bin wieder der Jäger der Nacht, als der ich geboren wurde. Ich beschleunige. Du rennst blind ins Nichts des Dunkels. Du rennst so schnell, wie du kannst. Ich höre deine Lunge pfeifen. Du bist wirklich schnell. Ab und an prallst du an die Seitenwände. Deine Haut schürft ab. Der Geruch nach Eisen würzt meine Atemluft. Salz mengt sich hinzu. Speichel in meinem Mund. Nur noch wenige Meter! Du drehst dich im vollen Lauf nach mir um, denn du spürst meinen Atem. Ich sehe das Weiße in deinen Augen. Sie weiten sich. Dein Mund öffnet sich zu einem letzten stummen Schrei. Mehr wirst du nicht mehr wahrnehmen. Ich springe. Du fällst. In wenigen Sekunden wird alles vorüber sein. Ich genieße diese kurze Zeit. Das Leben ist schön.

Langsam fährt der Opel Admiral durch die Schranke am Grünen Weg 4 in Friedberg. Burowski dreht das schwere hölzerne Lenkrad nach rechts. Verzögert folgt der Wagen. Er entdeckt einen freien Parkplatz und steuert sein servolenkungsfreies Gefährt in die Lücke. Abrupt bremst er.

„Oh, Mann! Mike, warum musst du dein Motorrad immer auf einem PKW-Parkplatz parken?" Der Kriminalhauptkommissar legt den Rückwärtsgang der Lenkradschaltung ein und kurbelt den Wagen mit dem Lenkrad so, dass er beim Zurücksetzen dicht an die Rückwand des gegenüber liegenden Gebäudes fahren kann. Er zieht die Handbremse. Schweißperlen bilden sich an seiner hohen Stirn. Er wischt sie nach hinten und prüft seinen Zopf, der seine schulterlangen braunen Haare fesselt. Das Handy klingelt.

„Burowski!"

„Hey, Mike hier. Deine Vernehmung ist schon da. Sitzt unten am Empfang. Wann bist du da?"

„Ich wäre schon längst da, wenn eine gewisse grüne Honda nicht schon wieder einen Auto-Parkplatz belegen würde."

„Ich zahle viel mehr Steuern für mein Bike als du für deinen klapprigen Oldie. Ich werde ganz gewiss nicht am Straßenrand parken, damit du deine Dreckschleuder …"

Genervt legt der Ermittler auf.

„Die Schallplatte hängt schon wieder!", sagt er grummelnd. Ein Fenster neben ihm geht auf. Ein Uniformierter mit grauem Backenbart und dichtem lockigem grauen Haar zeigt sich.

„Hey, Charlie! Mike wieder, was?"

„Ach, hör auf! Ich hab's echt satt!"

„Kommst du Samstag zum Oldtimer-Treff? Bin mit meinem Taunus auch da, falls ich nicht in die Befehlsstelle muss. Weißt ja, die Rechten-Demo am Samstag."

Der Mordermittler nickt. „Ich hatte es vor. Bin aber für die Gefangenensammelstelle eingeteilt, falls das Verbot für die Demo doch noch kippt. Ich hoffe immer noch, dass die vor dem Verwaltungsgericht scheitern."

„Wir werden`s sehen. Ansonsten Bierchen in der Dunkel nach der Demo?"

„Gerne!", antwortet der Kommissar. Er war schon lange nicht mehr in der alten Traditions-Kneipe, dabei entsprach sie ganz seinem Geschmack. Sie befand sich immerhin im Haus Roseneck, einem der ältesten Gebäude der Friedberger Kaiserstraße. Genau das richtige für einen Nostalgie-Fan wie ihn.

„Übrigens wartet deine Vernehmung draußen!"

„Ich weiß!"

Frank Schätzer, Revierleiter der Polizeistation Friedberg, schließt das Fenster und widmet sich seinem Bildschirm, auf dem die Fehlermeldung einer Excel-Tabelle zu sehen ist. Er schüttelt den Kopf.

Burowski schließt die Augen. Das ist nicht mehr meine Polizei, denkt er. Für Excel-Tabellen sind wir doch nicht Polizisten geworden.

Ein erster Regentropfen klopft auf das cremefarbene Dach seines Fahrzeugs. Der Kommissar atmet tief durch, verstaut sein in die Jahre gekommenes Telefon in der Innentasche seiner Weste, greift sich einen leichten Trenchcoat vom Rücksitz und schlüpft umständlich hinein, bevor er aussteigt. Weitere Regentropfen kommen hinzu, und rasch ergießt sich ein heftiger Sommerregen zu Boden. Schnell rennt er zum Hintereingang des Gebäudes. Er tippt seinen Code ein, und, bevor das Türschloss reagiert, öffnet ein junger Beamter in Zivil die Tür. „Hey, Charles, du weißt schon, dass du mit dem Mantel aussiehst, wie das Klischee eines Privatschnüfflers?"

Burowski stolpert rein und schüttelt das Wasser von seinem Mantel. Er schaut den durchtrainierten Mittdreißiger an.

„Tut mir leid. Ich habe dir gerade nicht zugehört. Hast du was gesagt?"

Lachend geht der junge Beamte den langen Gang zurück zu seinem Büro.

„Ach ja, da sitzt eine junge Dame für dich im Vorraum", sagt er, bevor er durch die Tür verschwindet.

„Ich weiß!", brummelt Burowski genervt und geht durch zur Haupteingangstür. Eine Frau, Mitte Zwanzig, in einem geblümten Sommerkleid, sitzt dort neben einem Bauarbeiter im Karohemd und einer weiteren Frau mit Strickzeug in den Händen. Er öffnet die Tür. In seinen Händen hält er eine Kopie der Vorladung. „Schmidt?", ruft er.

Alle drei erheben sich.

„Oh, tut mir leid. Frau Schmidt!"

Der Bauarbeiter setzt sich wieder. „Wäre ja auch zu schön gewesen, wenn endlich jemand meine Anzeige aufnehmen würde. Als wäre es nicht schon schlimm genug, dass keiner von euch zur Baustelle kommt!"

„Sorry, nicht meine Baustelle!", sagt der Kriminalbeamte.

„Witzig!"

Die beiden Frauen schauen sich an.

„Elisabeth Schmidt!", verfeinert er seinen Aufruf.

Die ältere der beiden setzt sich wieder. „Ich habe ja noch einen zweiten Strumpf zu stricken!", sagt sie und taucht wieder in die Welt der Maschen.

„Tut mir leid!", sagt Burowski. „Wir sind heute etwas dünn besetzt. Sie wissen sicher, die Demo morgen."

Die ältere Frau nickt ohne aufzusehen.

Der Bauarbeiter winkt ab. „Ohne die Linken bräuchten wir gar nicht so viel Polizei bei den Demos", beschwert er sich.

„Ja, und ohne die Rechten hätten wir diese Demos gar nicht", erwidert der Kommissar und wendet sich der jungen Frau zu. „David Burowski, K 10. Schön, dass sie sich Zeit nehmen."

„Lisa Schmidt!", stellt sie sich vor und reicht ihm die Hand.

„Angenehm. Folgen Sie mir einfach. Mein Büro ist im ersten Stock."

Schweigend gehen sie die Treppe hoch. Durch eine Glastür gelangen sie in einen abgetrennten Trakt. Der Ermittler schließt die Tür zu seinem Büro auf und hängt das Bitte-nicht-stören-Schild von der Innenseite nach außen an den Knauf. „Kommen Sie bitte herein und nehmen Sie Platz!"

Neben der nüchternen Behördenbüroausstattung befinden sich dort zwei schmale Sessel und ein Beistelltisch auf einem rot-schwarzen Perserteppich. „Vielen Dank. Jugendstil?"

„Ja, tatsächlich. Kaffee?"

„Gerne!", sagt sie und schaut sich weiter im Büro um. Die Wände zieren zahlreiche gerahmte Werbeplakate für Oldtimerausstellungen. Burowski schaltet den Wasserkocher ein und schüttet Kaffeepulver in eine Stempelkanne.

„Waren Sie auf all diesen Ausstellungen?"

„Ja, mit meinem Admiral. Es sind Erinnerungen."

„Mein Opa fuhr einen Olympia Rekord. Da bekam Oma immer einen mit dem Ellenbogen mit, wenn er geschaltet hatte. Das war ein ständiges Streitthema, wenn wir als Kinder mitfuhren. Er solle sich endlich von der alten Kiste trennen, sagte sie immer, und Opa antwortete, dass er das nicht könne. Er liebe seine Frau schließlich. Der Dialog war wie ein Spiel zwischen den beiden. Ich musste Teenager werden, um den Witz zu verstehen." Sie lacht.

„Ja, so eine hakelige Lenkradschaltung hat es schon in sich. Schwarz?", fragt der Kommissar, als er den Stempel der Kanne behutsam herunterdrückt.

„Kann man Kaffee anders genießen?", erwidert sie, und er nickt anerkennend. Als er in die zwei auf dem Tischchen bereit stehenden dickwandigen Tassen eingeschenkt hat, setzt er sich in den zweiten Sessel, der unter seinem Gewicht gefährlich knirscht. Sein im Stehen kaum auffälliger Bauch wölbt sich jetzt nach vorne. Seine braune Lederweste spannt. Nachdenklich schaut er in seine Tasse und schwenkt sie leicht. Wie Öl rinnt der Kaffeefilm zäh vom Inneren der Tasse zurück in den schwarzen Sud, dessen Geruch das ganze Büro füllt. „Sie sind die Freundin von Herrn Canavar?", fragt er.

Die Tür öffnet sich und ein hagerer Mann mit schwarzen kurzen Haaren steckt seinen Kopf durch die Tür. „Wir haben eine neue Vermisstenmeldung, die ins Profil passt. Ein Herr Burda. Oh, du hast eine Vernehmung. Sorry, Charles!"

„Warum hänge ich eigentlich das Schild raus?"

„Tut mir leid. Ich dachte, du hättest es von gestern Abend noch dran." Der 35-jährige Kriminaloberkommissar dreht sich zu Burowskis Gast und reicht seine Hand. „Hallo, Matthias Merker, auch beim K10."

„Lisa Schmidt."

„Angenehm. Tut mir leid, dass ich störe. Hier! Habe ich aufgenommen, bevor du da warst." Er reicht seinem Chef einen Ausdruck, den er entgegennimmt und überfliegt.

„Danke. Und jetzt raus mit dir, Schoko!"

Merker salutiert spaßhaft und zieht die Tür hinter sich zu.

„Schoko?", fragt die junge Frau.

„Ich glaube, in unserem Verein geht es nicht ohne Spitznamen. Seine Initialen sind schuld: Die M&Ms!"

„Oh, ja. Darauf hätte ich auch selbst kommen können." Sie zeigt auf den Ausdruck in Burowskis Händen. „Wie bei meinem Freund?"

Der Ermittler schaut betroffen auf. „Ja, leider. Der vierte Vermisste in diesem Jahr. Es gibt Übereinstimmungen. Letzte Woche wurde eine Sonderkommission eingerichtet. Es muss wohl von einem Verbrechen ausgegangen werden. Tut mir Leid!"

Sie schaut nach unten und fährt vorsichtig mit ihren Zeigefingern unter ihren Augen entlang. „Niemand hätte Sergin einfach so überfallen. Er ist groß, gut trainiert, macht Kampfsport. Allein sein Äußeres hält doch Angreifer ab. Sie denken, er ist tot, nicht?"

„Ich fürchte es."

Die junge Frau atmet tief ein. „Haben Sie einen Verdacht?"

„Ich dürfte nicht darüber reden, wenn es so wäre. Aber nein, wir haben keine Spur von den Vermissten und auch keine Spur von einem Täter. Der einzige Zusammenhang ist bislang, dass die Vermissten alle von gleicher Statur sind: Groß, durchtrainiert, muskulös und auf der Höhe ihrer Körperkraft. Weshalb ich Sie vorgeladen habe …"

„Ja?"

„Sie hatten bei Ihrer Vermisstenmeldung angegeben, Ihr Freund habe Sie zuletzt am 8. Juli abends aus Bulgarien angerufen?"

„Ja, so war es."

„Am 11. Juli hatten Sie ihn dann als vermisst gemeldet, aber … warten Sie!", bittet er, nimmt die Vermisstenakte von seinem Schreibtisch und zieht ein einzelnes Blatt heraus. „Schauen Sie! Laut Protokoll hat er sich drei Tage, bevor Sie ihn als vermisst gemeldet haben, ins Mobilfunknetz in Friedberg eingewählt."

„Er hat gesagt, er sei noch in Bulgarien, aber, wissen Sie, Sergin ist oft wie ein Schauspieler am Telefon und tut so, als wäre er gerade in brenzligen Situationen. Er sagt solche Dinge wie: Hey, was wollt ihr?, und legt auf, um wenige Minuten später wieder anzurufen und mir stolz zu erzählen, dass er sie nun in die Flucht geschlagen habe. Mal sind es Straßenräuber, mal ruft er aus einem Raumschiff zurück und musste gegen Kung-Fu-Aliens kämpfen. Einmal war es sogar eine Gruppe Berg-Gorillas. Das ist halt sein Humor. Das war sein Humor!" Tränen schießen in ihre Augen, und sie wendet ihren Kopf zur Seite. Der Kommissar reicht ihr eine Packung Papiertaschentücher. Das oberste zieht er ein wenig heraus.

„Danke sehr. Tut mir Leid."

Der Kommissar nickt und schaut ihr schweigend in die Augen.

„Das Leben war für ihn ein Spiel, wissen Sie, aber auch immer Kampf. Er lebte für sein MMA."

„MMA?"

„Mixed Martial Arts! Kampfsport! Er reiste von Turnier zu Turnier. Manchmal sahen wir uns tagelang nicht, manchmal wochenlang. Er rief aber jeden zweiten Tag an, wenn er im Ausland auf Turnieren war. Immer zehn Uhr abends, wenn ich zu Bett ging. Ich konnte meine Uhr danach stellen. Das machte er auch, als er die Woche, bevor er verschwand, in Bulgarien zum Wettkampf war. Sie sagen, er war in Friedberg, als er mich angerufen hat?"

Der Mordermittler nickt und nimmt ein Notizbuch und einen Stift von seinem Schreibtisch.

„Wissen Sie, Herr Burowski, als ich Sergins Auto eine Straße von unserer Wohnung entfernt geparkt fand, da dachte ich, er sei gerade erst zurückgekommen und will mich überraschen. Bis abends hatte ich auf ihn gewartet, aber er kam nicht. Und er rief auch nicht, wie gewohnt, an. Da wusste ich, dass etwas passiert sein musste, und am nächsten Morgen ging ich gleich zur Polizei."

Der Ermittler hält mit den Notizen inne. „War bei diesem Anruf etwas anders als sonst?"

„Er machte seinen üblichen Scherz. Er schrie ins Telefon. So etwas wie: Hau ab! Was willst du? Verschwinde! Dann brach die Verbindung ab. Ich war genervt davon. Immerhin war er da schon über eine Woche weg. Ich hätte mir ein normales Gespräch mit ihm gewünscht, und, um ehrlich zu sein, ich war froh, dass er danach nicht mehr zurückgerufen hat. Ja, das Telefonat war anders. Er hat immer direkt danach zurückgerufen. Sein Scherz hätte ja sonst gar nicht gewirkt. Ach, hätte ich Ihn doch bloß zurückgerufen."

Die Zeugin vergräbt ihr Gesicht in den Händen und atmet zweimal tief durch. Dann richtet sie sich auf, blickt ihn an und nickt.

„Ging ihr Freund oft nachts spazieren?"

„Ja, er mochte die Stille in der Nacht!"

„Wir haben seine Funkverbindung trianguliert. Er war aller Wahrscheinlichkeit nach in der Burg unterwegs. Dort riss der Kontakt ab."

„Er liebt den Burggarten. Liebte ihn, meine ich! Ach, das ist alles so schrecklich."

„Erinnern Sie sich an den genauen Wortlaut seines Anrufs?"

„Nein, leider nicht! Vielleicht würde ich es, wenn ich gewusst hätte, dass er von Friedberg aus angerufen hat. Warum haben Sie mir das nicht gesagt, als ich in der Woche danach nochmal bei Ihnen war?"

„Mobilfunkdaten zu erheben, ist bei Vermisstenfällen nicht üblich, Frau Schmidt. Da steht der Schutz der Persönlichkeitsrechte des Vermissten höher als unser Ermittlungsinteresse, und uns sind die Hände gebunden. Die Daten haben wir erst am Freitag bekommen, weil wir die Staatsanwaltschaft erst dann überzeugen konnten, dass es sich mehr als nur um Vermisstenfälle handeln könnte. Vorher sind wir davon ausgegangen, dass die Vermissten aus freien Stücken die Kontakte abbrachen."

„Sie wissen, was für ein Auto Sergin fuhr?"

Burowski schaut wieder in die Akte. „Oh!"

„Genau. Niemand lässt einen `68er Ford Mustang zurück, wenn er ein neues Leben beginnen möchte.

Wir waren glücklich. Er war glücklich. Seine Karriere als Sportprofi ging aufwärts. Uns ging es in jeder Hinsicht gut. Wir liebten uns."

„Ja, ich verstehe."

„Ich hoffe, Sie finden den Mistkerl, der ihn mir genommen hat." Sie steht auf und richtet ihr Kleid. Auch der Ermittler erhebt sich und reicht ihr die Hand.

„Danke, dass Sie da waren."

„Bitte! Ich finde alleine raus." Sie öffnet die Tür, verlässt das Büro, und er sieht sie die Treppe heruntereilen. Ihre Hände wischen sich Tränen aus dem Gesicht, erkennt er an der Bewegung ihres erhobenen Ellenbogens.

Merker tritt hinzu. Er lehnt sich gegen die Wand. „Starke Frau!"

„Ja, sie hat gerade erkannt, dass ihr Freund vermutlich tot ist. Sie hat die großen Tränen zurückgehalten, bis sie auf der Treppe war."

„Sie ist die Freundin von dem Kickboxer, nicht?"

„MMA!"

„Respekt!"

„Du weißt, was das ist?"

„Klar, wo lebst du Charlie? Ist eine Mischung aus Kickboxen und Ringen. Grob erklärt. Gibt doch sogar in Friedberg einen Verein. Mike trainiert da."

„Dann werde ich wohl künftig nicht mehr so laut über sein Motorrad meckern."

„Mach nur. Er ist lausig!"

Beide lachen.

Andächtig öffne ich die Tür zu meinem Refugium, meiner kleinen begehbaren Schatztruhe. Eine innere Ruhe stellt sich ein, als ich auf all die Trophäen schaue, die ich in den unzähligen Jahren gesammelt habe. Fein säuberlich gestapelt liegen sie vor mir. Ich kenne die Geschichte jedes einzelnen Schädels, jedes einzelnen Knochens, weiß noch, welchen Menschen sie einst ausgemacht hatten, wie sie sich gebärdeten, als ich sie mir fing, wie wehrhaft sie waren, als ich sie erlegte. Nur wenige waren wirkliche Herausforderungen, gerade in der heutigen Zeit bin ich kaum mehr zu befriedigen. Die Zeiten der echten Kämpfer sind vorbei. Der Wohlstand und der Frieden haben euch alle weich werden lassen. Ich blicke nach oben. Wieder dieser ohrenbetäubende Lärm! Ihr rollt wieder mit euren schweren Eisenungetümen und reißt meine Erde auf. Ich weiß nicht, wie viel Zeit mir noch bleibt, einen neuen Platz für meine Schätze zu finden. Mein Plan muss aufgehen. Lange kann ich euch nicht mehr aufhalten. Heute muss es werden. Eure Ketten walzen über Friedbergs Boden. Wie damals nach dem großen Krieg. Da gab es sie noch, die echten Herausforderungen. Im Augenwinkel sehe ich, wie ein Schädel von der Spitze meiner Sammlung rollt. Ich greife ihn, noch bevor er den ordentlich gefegten Boden erreichen kann. Sauberkeit und Ordnung sind mir das Wichtigste in meinem Heiligtum. Ich schaue mir das Knochengesicht genau an. Ich muss lächeln und erinnere mich an jeden einzelnen Moment der letzten Sekunden dieses ausgelöschten Lebens. „Du warst der letzte echte Kämpfer seit Jahren", spreche ich dem Scheusal ein Kompliment aus. Du warst so stolz auf deine Folterausbildung und trugst sie wie ein Kleinod zur Schau, deine Totenköpfe auf der schwarzen Uniform. Ich hatte dich schon lange beobachtet. Ich hatte große Hoffnungen in dich gesetzt. So sadistisch, so kaltblütig und brutal, wie du im letzten Monat des großen Krieges aufgetreten warst, wusste ich, du würdest mich im Tunnel nicht enttäuschen. Gekämpft hattest du wie kein anderer nach dir. Und überrascht warst du wie kein Zweiter vor dir, als ich deinen blauen Augen den Glanz nahm und du erkanntest, dass deine Herrenrasse doch nicht an der Spitze der Evolution steht, wie dein großes Vorbild euch Blondschöpfen weiß machte. „An der Spitze stehe ich. Nur ich!", flüstere ich dir zu. Vorsichtig lege ich den polierten Schädel zurück auf die ihm gebührende Spitze der Pyramide aus den Häuptern der anderen Glücklosen. Eine weitere Vibration. Sie ist stark. Dann ein Lärm wie von einem Erdbeben. Ich muss mich an den Wänden stützen, um nicht zu fallen. Putz fällt von Wand und Decke zu Boden. Schädel stieben auseinander. Die Wand mir gegenüber reißt ein. Licht zerstört das vollkommene Dunkel. Ich muss fliehen.

„Hey!", raunt es aus dem Büro gegenüber. Burowski und Merker stellen sich in dessen Türrahmen. Der Endvierziger, dessen Stimme dazu aufgefordert hat, hält seinen Zeigefinger an die Lippen.

„Kannst durchstellen, Margot! Hallo, Hauptkommissar Michael Thyssen hier, Mordkommissariat. Ach, du bist's, Frank. Wo? Kaiserstraße, ja! Und die Hausnummer? Oh, das ist doch das Reuß-Gelände. Wir kommen!"

„Was ist los!", will Burowski wissen.

„Bei Kellerarbeiten auf dem Reuß-Gelände ist ein Bagger mehrere Meter tief eingebrochen. Ein Arbeiter ist schwerverletzt. Sie nehmen starken Verwesungsgeruch aus dem Loch wahr. Frank hat alles absperren lassen und bittet uns, dass wir mal reinschauen. Sind alle ein wenig sensibel wegen der Vermissten. Vor einem halben Jahr hätten die Bauarbeiter das vermutlich nicht einmal gemeldet."

„Klar, Mike. Ohne Verwesungsgeruch hätten sie das neue Gebäude einfach um den Bagger herum hochgezogen. Allein des Baustellenunfalls mit dem Schwerverletzten wegen sind wir doch schon immer im Boot gewesen", sagt Merker.

„Geh mir nicht auf den Sack, Schoko!"

Merker zwinkert ihm zu. „Wäre nicht die erste Leiche, die auf einer Baustelle abgelegt worden wäre. Gehen wir?"

Burowski eilt in sein Büro, trinkt den letzten Schluck erkalteten Kaffees und legt sich seinen feuchten Mantel über den Arm.

„Du weißt schon, dass wir draußen knapp 30 Grad haben? Oder dient das dem Klischee?"

„Geh mir nicht auf den Sack, Mike!"

Thyssen zwinkert ihm zu.

„Rohdiamant! Auf geht's!", ruft Thyssen.

„Bin ja schon da!", ruft der 22-Jährige Tilman Odenwälder, der sich mit Merker das Büro teilt. Sie eilen die Treppe herunter und verlassen das Gebäude in Richtung der Dienstfahrzeuge. Merker setzt sich an das Steuer eines VW Golf, Odenwälder steigt hinzu. Die beiden Dienstältesten steuern die Fahrerseite eines Fünfer BMW an. Thyssen schubst ihn zur Seite, steigt auf den Fahrersitz und verriegelt seine Tür.

„Ich fahre. Du warst gestern dran!", hört er gedämpft von der Fahrerseite.

Burowski schüttelt den Kopf und geht zur Beifahrertür. „Du bist albern!", sagt er, setzt sich und nimmt das Funkgerät heraus. Er drückt eine Taste, und sein Sprechwunsch wird in der Funkzentrale in Gießen signalisiert.

„Gisela, wir sind mit zwei Zivilfahrzeugen auf dem Weg zum Reuß-Gelände in Friedberg, Kaiserstraße 118."

„Gießen hat verstanden! Im Übrigen ist unser Rufname schon seit Jahren nicht mehr Gisela, sondern Gießen."

„Verstanden! Werde es mir merken, Gisela!"

Die beiden Alten schauen sich an.

„Und mich nennst du albern?"

Burowski zuckt mit den Schultern, und beide müssen lachen.

„Also los!", sagt Thyssen und der BMW setzt sich in Bewegung. Der Golf folgt. Beide biegen vom Grünen Weg in Richtung Innenstadt ab. Die Ampel zur Frankfurter Straße zeigt Rot. Vor ihnen ist das verwahrloste Tor zu den Ray Barracks zu sehen.

„Das war noch was, als die Amis noch hier waren, was?", sagt Burowski.

„Ja, da war noch Leben in Friedberg. Zumindest abends. Da waren die Kneipen noch voll."

202

„Irgendwo musste man ja seinen Sold lassen. Erinnerst du dich noch an den Unfall mit dem Panzer?"

„Scheiße, ja! Da war ich noch in der Schicht. Ich habe das Ding sogar aufgenommen. Konnte keiner erklären, warum der Panzer einfach ausgeschert und über den PKW hier an der Ampel gerollt war. Ein Wunder, dass sich der Fahrer über die Beifahrerseite retten konnte und niemand verletzt wurde."

„Immerhin hatten die Amis eine volle Kasse für sowas."

„Ich habe den Fahrer vor ein paar Jahren beim Einkaufen getroffen. Wir hatten einander sofort erkannt. Wir sprachen über die Geschichte von damals. Noch heute beginnt er zu schwitzen, wenn ihm an Ampeln große Fahrzeuge entgegen kommen. Das ist zwanzig Jahre her. Hart, oder?"

„Die Seele speichert sowas lange. Es ist Grün!" Burowski zeigt auf die Ampel. Sie biegen am Wasserturm ab und fahren in Richtung Kaiserstraße.

„Weißt du, dass ich in dem Ding noch nie drinnen war?"

„Charlie, das sagst du jedes Mal, wenn wir daran vorbeifahren. Warum machst du nicht endlich mal eine Führung mit? Ich war vor ein paar Jahren mit meiner Frau drinnen. Imposanter Bau. Im Erdgeschoss ist die Ehrenhalle für die Gefallenen des Ersten Weltkriegs."

„Mich interessiert da eher der Bau selbst."

„Der Name meines Urgroßvaters steht da."

„Wusste gar nicht, dass du ein so alteingesessener Friedberger bist."

„Ja, meine Familie kam Mitte des 19. Jahrhunderts nach Friedberg. Eigentlich nur zwei Brüder. Sie arbeiteten im Bahnbau, als die Main-Weser-Strecke gebaut wurde. Der Rest blieb an der Nordsee. Irgendwie waren sie hängengeblieben. Wo kommen deine Leute her?"

„Ost-Preußen. Oder Russland. Je nachdem, ab wann man die Geschichte erzählt. Die Familie meiner Großeltern floh Anfang der 30er vor den Nazis nach Russland, kehrten nach dem Krieg nach Königsberg zurück und flohen zwei Jahre später vor den Russen. Schon verrückt."

„Weißt du, was auch verrückt ist? Wir sind jetzt seit zwei Jahren zusammen beim K 10 und haben uns noch nie darüber unterhalten."

„Dafür weiß ich, dass du morgens immer ein Leberkäsebrötchen bei der Wache bestellst und dich stets beschwerst, dass der Metzger Engel die Scheiben so dick schneidet."

Thyssen muss lachen. „Das ist mehr, als meine Frau wissen darf. Es gibt nur Gemüse und Salat, wenn ich heimkomme. Wehe sie erfährt, dass ich heimlich Fleisch esse. Das Beschweren ist nur dazu da, mein Gewissen zu beruhigen. Ich mag die dicken Scheiben eigentlich."

An der Sparkasse ist die Ampel rot. Ein roter Kia Picanto lässt zwei Fahrzeuglängen Abstand.

Thyssen schaut in den Rückspiegel. „Die Schlange müsste nicht so lang sein. Warum fährt der nicht?"

Der Fahrer des Picanto schaut ebenfalls in den Rückspiegel.

„Scheiß drauf", sagt Thyssen, überholt ihn und reiht sich hinter den Wartenden ein. Als er einschert, hupt der Kia-Fahrer und beschwert sich mit beiden Händen.

„Oh, da sucht jemand ein Gespräch!", sagt Thyssen, steigt aus und geht zur Fahrerseite des Kia. Er hält dem Fahrer seine Kripomarke entgegen.

Burowski schüttelt mit dem Kopf und muss schmunzeln. Im Spiegel sieht er Thyssen mit einem Arm am Fahrzeugdach des Kia lehnen. Er spricht mit dem Fahrer, der nun nicht mehr gestikuliert.

Als Thyssen wieder einsteigt, lächelt auch er. „Peinlich! Das war der Klassenlehrer meines Sohns. Na ja, wir haben uns darauf geeinigt, dass er künftig keinen so großen Abstand mehr lässt, nicht mehr hupt und Philipp dafür seine Hausaufgaben gründlicher macht."

„Du bist ein Typ!", sagt Burowski.

Beide lachen, die Ampel wird grün und Thyssen fährt an. Ein blauer Oldtimer mit Heckflossen kommt ihnen entgegen. „Ein Caddi Fleetwood", stellt Burowski in Gedanken fest. Er schaut ihm durch das Heckfenster des BMW nach, bis er hinter der Kuppel in Höhe des Wasserturms aus seiner Sicht verschwindet. Bald darauf würde der Fahrer das Elvis-Denkmal auf dem Kreisel an der Zufahrt zum Industriegebiet West erreichen. Fünf Meter hoch ragt der King in die Luft, auf die Gitarre gestützt. Fast wie der Fleetwood 60, den Elvis seiner Mutter geschenkt hat, denkt der Kommissar.

Thyssen schaut ihn an. „Und weißt du, was ich von dir weiß?", fragt er. „Du bist Oldtimer-Fan, weil du nicht gut genug Gitarre spielst, um dich Elvis-Fan zu nennen!"

Burowski prustet vor Lachen. „Wie meinst du denn das?"

„Na ja, eigentlich suchst du nur etwas, das dich mit der Zeit beschäftigen lässt, ohne dass es auffällt, dass du dich eigentlich, 60 Jahre früher geboren, viel wohler in deiner Haut fühlen würdest. Du bist im Geist ein Kind der 50er und 60er."

„Ja!", erwidert der ältere der beiden. „Wahrscheinlich hast du Recht. Elvis mag ich aber auch, ohne Gitarre spielen zu können."

Thyssen nickt. „Gibt es eine Bezeichnung für Menschen wie dich? Transtemporäre?"

Burowski droht ihm spaßhaft mit dem Zeigefinger. „Vorsicht, mein Freund! Sonst bekommt deine Frau noch einen anonymen Hinweis, dass ihr Mann ein leidenschaftlicher Karnivor außerhalb ihrer Augen ist."

Thyssen zwinkert seinem Kollegen zu. „Punkt für dich!", sagt er und setzt an einem großen Torbogen, der Zufahrt zur alten Maschinen-Fabrik Reuß, den Blinker nach rechts. Hinter ihm biegt Merker mit dem Golf ein. Beide parken. Ein Mann mittleren Alters im Anzug mit einem weißen Schutzhelm auf dem Kopf eilt ihnen entgegen.

„Sind sie von der Kripo?"

Die Ermittler nicken.

„Ja, Burowski, K 10! Das sind die Kollegen Thyssen, Merker und Odenwälder."

„Angenehm! Müller-Rösch! Ich bin der Architekt. Folgen Sie mir bitte?"

Im Hintergrund ist die Schaufel eines Baggers zu erkennen, die nur wenige Zentimeter aus dem Boden ragt. Ein Krankenwagen steht dahinter. Seine Hecktüren sind offen.

„Der Baggerfahrer!", sagt Müller-Rösch. „Er sollte eine Grube für eine Zisterne ausheben. Dann gab der Boden plötzlich nach, und der Bagger verschwand fast vollständig."

„Krass!", sagt Odenwälder.

„Hat sich den linken Unterarm gebrochen und eine Platzwunde am Kopf zugezogen. Wahrscheinlich eine Gehirnerschütterung."

„Wie kann das passieren?", will Thyssen wissen.

„Wissen wir selbst nicht. Den alten Plänen nach hätte hier nichts drunter sein dürfen. Es scheint, dass wir auf einen alten Keller gestoßen sind. Seit Monaten werden wir durch solche Dinge aufgehalten."

Die Fünf stellen sich um die Grube herum. Sie reicht mehrere Meter tief ins Erdreich. Eine Leiter führt bis zum Bagger hinunter. „Es war gar nicht so einfach, den Arbeiter zu bergen", sagt der Architekt, nimmt seinen Helm ab und wischt sich mit einem Stofftaschentuch den Schweiß von der Glatze.

„Und der Verwesungsgeruch?", will Thyssen wissen.

„Als zwei Bauarbeiter unten waren, nahmen sie ihn wahr. Warten Sie! Herr Karic, Herr Janßen, kommen Sie bitte mal?"

Zwei braungebrannte Bauarbeiter, die an der offenen Tür des Krankenwagens gestanden hatten, kommen auf sie zu. Der Sanitäter schließt die beiden Türen und steigt auf der Beifahrerseite ein.

„Hallo, Sebastian Karic!", stellt sich der jüngere vor. Er trägt eine tarnfarbene kurze Hose und hat geschorenes blondes Haar. Der Alte stellt sich mit Janßen vor. „Ja, Chef!", sagt er.

„Die Herren sind von der Kripo. Sie haben den Verwesungsgeruch wahrgenommen, nicht?"

„Ja!", sagt Karic. „Der war richtig intensiv. So was hatte ich zuletzt gerochen, als wir mal einen toten Hund aus einem Versorgungsschacht ziehen mussten. Widerlich!"

Burowski zieht seinen Zopf fest. „Konnten Sie irgendetwas sehen?"

„Nein. Es ist ja alles dunkel unter dem Bagger. Da scheint es aber noch viel tiefer runter zu gehen. Wir haben gemacht, dass wir von dem Schacht wegkommen. Wir hatten den Eindruck, als könnte er jeden Moment noch tiefer rutschen."

„Ja!", ergänzt der Alte. „Wir waren froh, dass wir Boris rausziehen konnten."

„Boris Suchow, das ist der Baggerführer", ergänzt Müller-Rösch.

„Ich hoffe, er wird wieder. Er war ganz schön bleich", fährt Janßen fort.

Odenwälder zieht sein Smartphone. „Ich rufe den Abschleppdienst, ja?"

Thyssen zeigt einen Daumen nach oben. „Du bist wirklich ein Rohdiamant! Sie sollen so ein Ding zur LKW-Bergung holen. Ruf einfach mal bei der Wache an. Die wissen, wer so was hat. Schoko, kannst du Fotos machen?"

Merker nickt, geht zurück zum Auto, und Odenwälder wählt die 6010.

Burowski nähert sich mit Thyssen der Grube. Ganz schön tief, denkt er, und ihm kommen Zweifel. Wie sollte da einer unserer Vermissten heruntergekommen sein, wenn nicht einmal der Architekt wusste, dass dort ein Keller ist? „Wie viele Meter sind das?"

Karic kratzt sich am Hinterkopf. „Der 325er ist dreieinhalb Meter lang. Nochmal drei Meter sind es vom Arm zu uns. Vielleicht sieben?"

„Wie kann das passieren? Ich meine, die Grube ist doch vor dem Bagger."

Der Alte meldet sich zu Wort. „Ich war dabei, als es passierte. Boris hat vorne ausgehoben und die Erde direkt auf den Tieflader geladen. Bei der letzten Schaufel, bevor er einbrach, stieß er auf Stein, und es krachte. Als er die Schaufel hochzog, konnte ich Mauerwerk sehen und einen tiefen schwarzen Schacht. Dann gab ein Teil des Mauerwerks nach, zog die Erde auf dem Boris' Caterpillar stand mit sich und er sank nach hinten. Dann krachte es richtig, und das ganze Ding verschwand in der Erde."

„Wir rannten dann gleich hin. Boris fluchte wie ein Rohrspatz. Wir organisierten eine Leiter, und zwei weitere und ich holten Boris raus. Der 325er hat ganz schön gewackelt. Ich glaube, da ist noch Luft drunter."

„Wie? Da ist noch Luft?", fragt Burowski.

„Na ja, ich denke, der Hohlraum ist noch tiefer", antwortet der junge Bauarbeiter.

„Also könnte er noch tiefer rutschen?"

„Möglich."

„Verdammt!", schaltet sich Thyssen ein und winkt Merker zu, der dabei ist, Fotos aus allen möglichen Perspektiven zu schießen.

„Schoko, der World Press Photo Award muss warten. Du musst absperren! Weiträumig! Ich will nicht, dass sich jemand Polizeifremdes der Grube nähert."

„Schade! Ich könnte das Preisgeld gebrauchen!"

Thyssen schaut in sein Notizbuch. „Herr Karic, Herr Janßen, und was ist mit dem Verwesungsgeruch. Kam der von vorne oder von hinten?"

Janßen zeigt auf die vordere Grube. „Der kam, sobald die Schaufel das Mauerwerk durchbrochen hatte. Ekelhaft war das."

Karic nickt. „Und er war auch stark wahrzunehmen, als wir auf dem Bagger gestanden hatten und Boris rauszogen."

Merker und Odenwälder kommen mit Absperrband zurück zur Grube. Der junge Kriminalkommissar hebt einige Bewehrungsstahlstangen vom Boden auf. „Dürfen wir die nutzen?"

Müller-Rösch nickt. „So ein Mist. Das bringt den ganzen Zeitplan durcheinander."

Die beiden Bauarbeiter schauen ihn an.

„Aber zum Glück ist niemand ernsthaft verletzt", ergänzt er.

„Ach ja, Chef?", ruft Odenwälder, der gerade die zweite Stange in den Boden treibt, um die Merker das Absperrband spannt. Burowski schaut zu ihm herüber. „Die Wache hat einen Abschlepper für uns gerufen. Außerdem hat das Landesamt für Denkmalpflege Wind bekommen und schickt jemand rüber. Wir sollen bitte erstmal nichts anrühren."

Müller-Rösch flucht. „Auch das noch. Das ist eine Woche Baustopp, wenn wir Pech haben."

„Hätten wir doch eh melden müssen, Chef!", sagt Karic.

„Ich weiß. Entschuldigen Sie, meine Herren!", sagt der Architekt an die beiden erfahrenen Kriminalbeamten gewandt. „Ich muss rasch mal mit dem Bauträger telefonieren."

Burowski nickt. Hinter ihnen hupt es. Ein Fahrzeug des Abschleppunternehmens biegt auf das Gelände. Der Fahrer steigt aus und geht lachend auf die Baustelle zu.

„Was ist so lustig?", fragt ihn der Chef-Ermittler.

„Jungs! Schaut euch meinen LKW an! Ihr sagt mir doch bestimmt gleich, dass das, was aus dem Loch heraus ragt, ein Bagger ist, der geborgen werden soll!"

„Ja, warum?"

„Weil das hier ein Abschleppwagen für LKW ist, aber kein Bergungskran. So etwas müsst ihr mir am Telefon sagen."

Thyssen ruft nach hinten. „Rohdiamant! Was hast du angerichtet?"

„Nix! Die Wache war's!"

Der Fahrer des LKW schaut skeptisch zu ihm herüber.

„Mein Fehler. Habe ich der Wache nicht gesagt", räumt Odenwälder ein.

„Tja, Rohdiamant", sagt Thyssen und zwinkert ihm zu. „Das wäre nicht passiert, wenn du vorher bei der Schutzpolizei gewesen wärst."

„Ja, ja, ist ja gut!"

Der Mitarbeiter des Abschleppunternehmens zieht seine Warnweste aus. „Verdammte Hitze. Ich fahre jetzt wieder zurück und komme mit einem Autokran. Euch muss klar sein, dass ihr die Kaiserstraße komplett sperren müsst. Der Bagger wiegt bestimmt 20 Tonnen. Da muss ich die Ausleger voll ausfahren und etliche Tonnen Ballast aufladen."

„26,5 Tonnen!", wirf Janßen ein.

„Oh, je. Dann muss ich mit dem 120-Tonner kommen. Das wird was! Gebt mir eine Stunde, dann bin ich wieder da. Und die ganzen parkenden Autos auf dieser Seite müssen auch weg."

„Ich rufe bei der Wache an", sagt Odenwälder.

„Und nix vergessen, gell?", sagt Thyssen und lacht.

Der Krankenwagen fährt los. Auf Höhe der Gruppe schaltet der Beifahrer das Martinshorn an. Merker fährt zusammen, Karic hält sich die Ohren zu und Burowski flucht. „Penner!" ruft er, und der Beifahrer winkt wie Queen Elisabeth aus dem Beifahrerfenster.

„Ich rieche nichts von Verwesung!", sagt Thyssen und reibt sich sein Ohr. „Wird sich wahrscheinlich aufgestaut haben, und jetzt ist es luftdurchflutet. Was denkst du?"

„Ich habe keine Ahnung. Wenn wir Glück haben, sind es Tierkadaver. Was ist das für ein Keller da unten?"

„Kann ich ihnen sagen!", kommt eine Stimme von hinten. Ein Mittdreißiger in grünem Polohemd mit Bluejeans kommt ihnen entgegen.

„Und Sie sind?", will Burowski wissen.

„Kretschmer, Landesamt für Denkmalpflege."

„Habt ihr eine Flugbereitschaft oder wie geht das so schnell, von Wiesbaden nach Friedberg zu kommen?", fragt Thyssen.

Kretschmer muss lachen. Lachfalten zeichnen sich um seine Augen herum ab und lassen ihn alt wirken.

„Nein, leider nicht. Ich wohne in Bad Nauheim. Eigentlich habe ich frei, aber das historische Friedberg ist mein Steckenpferd. Da hat mich mein Chef natürlich angerufen, und ich habe meinen freien Tag gerne unterbrochen."

„Solche Mitarbeiter braucht das Land!", sagt Thyssen.

„Ja, vielleicht. Lassen Sie mich mal schauen!" Der Denkmalpfleger setzt einen gelben Schutzhelm auf, unterquert das Absperrband und nähert sich, gefolgt von Burowski, Thyssen und Merker, dem Grubenrand.

„Ganz schön tief. Sehen Sie das Mauerwerk? Typisch für das 13./14. Jahrhundert. Was hier freigelegt wurde, ist vermutlich das Kellergeschoss eines abgebrannten Gebäudes."

„Abgebrannt?", will Burowski wissen.

„Sehen Sie die helle Schicht? Das ist ein Gemisch aus Asche und Erde. Friedberg wurde im Mittelalter von mehreren Bränden heimgesucht."

„Und die neuen Gebäude kamen einfach oben drauf?", fragt Merker.

„Die Keller wurden meist verfüllt, und darauf wurde neu gebaut."

„Und der Hohlraum?"

„Hohlraum?"

„Der Bagger hat einen ummauerten Hohlraum geöffnet, da rutschte Erde rein, weshalb er überhaupt erst absinken und einbrechen konnte."

„Oh, ja, darüber hatte ich gar nicht nachgedacht. Ich hatte nur die erdgefüllten Bereiche gesehen. Das war alles hohl?"

„So schilderten es die Bauarbeiter. Und es roch nach Verwesung."

„Das ist ungewöhnlich. Warum sollte man einen intakten Kellerraum überbauen, ohne ihn zu nutzen? Verwesung sagen Sie? Haben Sie einen Zugang gefunden?"

Ein grauhaariger Herr mit einer ebenso ergrauten Dame kommt auf die Gruppe zu. „Ist was passiert?"

Weitere Menschen haben sich am Tor versammelt. Einige betreten zögerlich die Baustelle und schauen staunend auf den Bagger. Im Hintergrund halten zwei Streifenwagen.

Burowski kommt dem Paar entgegen. „Nur ein Unfall. Keiner verletzt. Es besteht aber Einsturzgefahr."

„Ah, ein Glück, keine Verletzten", sagt die Frau.

Merker eilt von hinten hinzu und bittet die Eingetretenen, das Gelände wieder zu verlassen. Odenwälder, hält das Absperrband, das er gerade quer zur Straße von der einen zur anderen Seite des roten Sandsteintors gespannt hat wie ein Boxringseil hoch, als das Ehepaar auf seiner Höhe ist.

„Danke, ich war mal Boxer", sagt der Alte.

„Hans!", ermahnt ihn seine Frau und lächelt den jungen Beamten an.

Merker und Odenwälder lächeln zurück, wünschen den beiden noch einen schönen Tag und sind im Begriff zu den anderen zurückzukehren, als eine Stimme zu ihnen dringt.

„Guden, Schoko!", ruft ein Uniformierter und steigt aus einem Streifenwagen am Fahrbahnrand aus.

„Hey, Paul", begrüßt ihn Merker.

„Wir machen euch jetzt die Parkplätze frei. Die andere Streife klappert die Läden ab und schaut, ob ein paar Mitarbeiterautos darunter sind, und meine Streifenpartnerin und ich fahren bis zur Burg hoch, um uns am Außenlautsprecher auszutoben."

„Euer Leben möchte ich haben."

„Weißt du, Schoko, Zivilgeld, Leichenprämie, deine ganzen Boni möchte ich haben."

„Und ich deine Schicht- und deine Nacht- und Sonntagszuschläge."

„Und ich deine Frau!"

„Hey, Vorsicht!"

Beide lachen. Merker und Odenwälder kehren wieder zur Unfallstelle zurück, und Polizeioberkommissar Paul Krätzer setzt sich auf die Beifahrerseite des Streifenwagens. Aus den Außenlautsprechern ist seine Stimme zu hören: „Achtung, hier spricht Ihre Polizei. An die Inhaber der am Reuß-Gelände geparkten Fahrzeuge. Aufgrund der bevorstehenden Bergung eines verunfallten Baggers bitten wir Sie, Ihre Fahrzeuge umgehend zu entfernen. Was?"

Es entsteht eine kurze Pause, und man hört die Streifenbesatzung gedämpft über die Außenlautsprecher diskutieren. „Also gut! Für die Ortsfremden: Es sind die Parkplätze gegenüber des neuen Dönerladens."

Die beiden Uniformieren lachen. Burowski schüttelt den Kopf. Auch Kretschmer muss lachen.

„Also, ich könnte einen Döner vertragen", sagt Merker.

Thyssen nickt. „Es ist ohnehin fast Mittag, und bis der Abschlepper wieder zurück ist, läuft ohnehin nichts. Ich hole uns was. Ihr bleibt hier. Nicht, dass uns noch jemand das Loch zuschüttet und wir nichts mehr zu tun hätten. Wer will was?" Thyssen vermerkt alles in seinem Notizblock und verlässt das Gelände.

„Mann, die Sonne brennt ganz schön!", sagt Burowski.

Janßen zeigt auf einen Baucontainer. „Da können wir rein. Der ist klimatisiert."

„Ja", sagt Karic, „und wenn die Zombies aus dem Loch ausbrechen, sehen wir es durch das hübsche Panoramafenster."

Sie gehen die wenigen Meter zum Baucontainer.

„Eine Schande, das mit diesen Großbränden!", sagt Kretschmer.

Burowski schaut ihn skeptisch an. „Was meinen Sie?"

„Na ja, vor etwas mehr als 600 Jahren war Friedberg eine richtig bedeutende Stadt. Wer weiß, welchen Status wir ohne die Brände nun hätten. Wussten sie, dass Frankfurt damals gerade einmal das Dreifache an Einwohnern hatte?"

Burowski schüttelt den Kopf.

„Sie müssen wissen, dass Friedberg einst eine wichtige Mittelstadt war. Berühmte Messe, begehrte Tuchmanufaktur. Dann kamen verheerende Stadtbrände, von denen sich Friedberg nicht erholen konnte. Ohne Tuch, keine Messen. Ohne Messen, keine Besucher. Friedberg verschwand wieder in der Bedeutungslosigkeit, und Frankfurt galoppierte davon. Goethe war einmal in Friedberg gestrandet und konnte es nur noch als „leidlich" bezeichnen."

„Dafür haben wir Elvis!", wirft Burowski ein.

„Na ja, Elvis-Fans zieht es eher nach Bad Nauheim. Die haben das touristisch besser zu nutzen gewusst. Elvis-Festivals, die Villa Grunewald und alles."

„Dafür haben wir einen Elvis-Presley-Platz", kontert der Kommissar.

„Und der russische Zar war in Friedberg", ergänzt Odenwälder.

„Bis auf eine kleine Ausstellung im letzten Jahr fehlt es da aber auch an Nachhaltigkeit, um Friedberg attraktiver zu machen."

„Und Luther?", fragt Merker.

„Auch den wird man nach dem Luther-Jahr nicht mehr mit Friedberg in Verbindung bringen."

Merker lässt nicht locker. „Die Mikwe!"

„Ja, das Judenbad ist in dieser Form tatsächlich einmalig. Aber auch das wird touristisch nicht genug hervorgehoben. Friedberg hat auch eine der größten zusammenhängenden Burganlagen Deutschlands, darin das Zeugnis eines römischen Kastells. Doch auch das wissen nur die wenigsten. Es gibt einfach zu wenige Sehenswürdigkeiten, die überregional bekannt gemacht sind. Friedberg verdient viel mehr Aufmerksamkeit. Schauen Sie sich beispielsweise dieses Gelände hier an. Wussten Sie, dass hier das älteste Steinhaus Friedbergs steht? Im 12. Jahrhundert errichtet."

Allgemeines Kopfschütteln.

„Das da vorne ist ein Ordensgebäude aus dem 14. Jahrhundert, da die alte Reuß-Fabrik, eine Maschinenfabrik war das. Im 19. Jahrhundert hat ein Umbau stattgefunden, und dort waren ein Kaffeehandel und eine Kaffeerösterei untergebracht."

„Immerhin haben wir im Industriegebiet wieder eine", sagt Burowski.

„Das Salzhaus!", ruft Odenwälder, als hätte er gerade einen Geistesblitz gehabt.

Alle schauen ihn mit skeptischen Blicken an.

„Na, den Imbiss kennt man überregional. Pommesbrötchen und so!"

Thyssen kommt mit einer Tüte voller Essen herein. Der Geruch nach Gebratenem und Knoblauch verteilt sich in der Luft. „Pommesbrötchen schmecken nicht", stellt er fest. „Aber der Friedberger mit Dörrfleisch ist toll. Jetzt gibt es aber erstmal Döner."

Er wirft Burowski einen in Alufolie eingeschlagenen Lahmacun zu und verteilt den Rest der Bestellung. „Hier, Rohdiamant! Ohne Knoblauch!"

„Danke! Davon hängt auch schon genug in der Luft!", sagt Odenwälder und nimmt sein Mittagessen entgegen. Merker beißt ein großes Stück aus seinem Döner mit Käse und extra Knoblauchsoße und grinst.

„Sagen Sie, meine Herren!", beginnt Kretschmer. „Sie reden sich alle mit Spitznamen an. Ich glaube, ich durchschaue ihre Herkunft. Ich meine von Ihnen, Herr Merker, einst in einem Polizeibericht in der Wetterauer Zeitung gelesen zu haben, dass ihr Vorname mit M beginnt. Also wird Ihr Spitzname der Gleichheit mit dem Namen der Schokolinsen aus dem Hause Mars zu verdanken sein. Sie, Herr Thyssen, nennt man entweder Mike, weil ihr Nachname ähnlich wie der des ehemaligen US-amerikanischen Schwergewichtsboxers Tyson klingt oder es handelt sich schlichtweg um die Abkürzung des Namens Michael."

Thyssen schluckt einen Bissen seines Fladenbrots herunter und wischt sich mit der Serviette über den Mundwinkel. „Sie kombinieren sehr gut. Schon einmal darüber nachgedacht, eine Karriere bei der Polizei einzuschlagen?"

Kretschmer lacht. „Oh, ich hatte schon viele Berufswege eingeschlagen. Der eines Polizeibeamten wäre sicher eine Herausforderung."

„Tut mir Leid, aber ich fürchte, Sie sind etwas über das Höchstalter für eine Einstellung hinaus", sagt Odenwälder.

Kretschmer lacht erneut. „Ja, das bin ich ganz gewiss. Eines will sich mir jedoch nicht erschließen", fährt er fort. „Woher kommt Rohdiamant? Weil Sie ein so ausgezeichneter junger Ermittler sind?"

Burowski, immer noch den verpackten Lahmacun in der Hand, ergreift das Wort. „Das ist ganz in dem Sinne. Wir hatten einmal einen Landespolizeipräsidenten, der die Direkteinsteiger in den gehobenen Kriminalpolizeidienst so nannte. Damit hatte er sich nicht nur Freunde gemacht, und auch unter den Studierenden führte das zu Grabenkämpfen zwischen den neuen Schutz- und Kriminalpolizisten."

„Ah, ich verstehe. Eliten wurden schon immer mit Neid überzogen."

„Und mein Spitzname?", will Burowski wissen.

„Ich zitiere: Das Leben ist eine Illusion, hervorgerufen durch Alkoholmangel. Ich hoffe natürlich, ausschlaggebend war ihre Namensähnlichkeit mit dem Urheber dieses Zitats, so dass Sie dessen zweiten Vornamen abbekamen und nicht dessen Alkoholabusus."

„Sie sind wirklich gut! Vielleicht macht das Landespolizeipräsidium in ihrem Fall eine Ausnahme, was das Höchstalter anbelangt."

Kretschmer lächelt und neigt dankend sein Haupt.

Als Burowski das obere Ende der Folie endlich abgewickelt hat und seinen Mund öffnet, um in sein Mittagessen zu beißen, ertönt ein lautes LKW-Horn, dann ein Martinshorn.

„Das war so klar. Verdammt!"

Krätzer öffnet die Tür. „Na, habt ihr euch auch ausgeloggt? Es ist doch noch gar nicht zwölf. Auf geht's! Die Schutzpolizei hat euch die Straße freigemacht, jetzt darf die bewaffnete Verwaltung arbeiten."

„Blödmann!", erwidert Merker, wickelt sein Fladenbrot ein und erhebt sich.

Der Streifenbeamte lacht, und am Außenfenster ist der lange Arm des Krans zu erkennen, der bis zur Stelle des eingebrochenen Baggers ausfährt. Zwei

Mitarbeiter des Abschleppunternehmens folgen zur Unfallstelle.

Wie Schaulustige stehen die Kriminalbeamten und die Zivilisten um die Grube herum. Burowski blickt zum Torbogen des Eingangs. Eine Menschenansammlung hat sich auf der anderen Seite der Kaiserstraße gebildet. Einem Journalisten wird von einem Uniformierten Zugang gewährt. Burowski winkt ihm zu. „Grüß dich, Pedro!"

„Hallo, David. Baustellenunfall?" Pedro Rodriguez, Mitte dreißig, freier Journalist, reicht Burowski die Hand.

„Kannst du schon was erzählen?"

Burowski berichtet ihm von dem Hohlraum und dem Einbrechen des Baggers.

„Sowas hatten wir in Friedberg schon einmal", sagt Rodriguez.

„Was meinst du?"

„Ich erinnere mich, dass mitten auf der Kaiserstraße mal ein Haus eingestürzt war, weil einer dieser alten Keller unter der Kaiserstraße zusammengebrochen war. Ich glaube, das dürfte im Jahr 2000 gewesen sein. Das war mein erstes Jahr auf dem Burggymnasium."

Der Journalist schaut sich auf dem Baustellengelände um und blickt Burowski skeptisch an. „Komm schon, David! Ist euch langweilig, dass ihr zu viert vermeintlichen Verstößen gegen die Arbeitssicherheit nachgeht?"

„Mehr kann ich dir derzeit leider nicht sagen. Tut mir Leid. Mehr weiß ich im Moment selbst nicht einmal."

„Was dagegen, wenn ich ein paar Fotos schieße?"
„Mach nur!"

Die zwei Mitarbeiter des Abschleppunternehmens kommen von der Grube zurück. Sie haben schwere Ketten an den Bagger angelegt. „Ihr müsst jetzt den Platz freimachen. Niemand darf unter dem Arm unseres Krans stehen, wenn er arbeitet", sagt der ältere von ihnen und zeigt dem dritten Mitarbeiter einen Daumen nach oben. Das Dieselaggregat beginnt unter lautem Krach zu arbeiten, die unterarmdicken Stahlseile spannen sich und der eingebrochene Caterpillar erscheint Zentimeter für Zentimeter wieder an der Oberfläche. Mit der Fernsteuerung zieht der Kranfahrer den Arm ein, so dass der Bagger über befestigtem Grund schwebt. Vorsichtig setzt er das Fahrzeug ab. „Was sollen wir mit ihm machen? Wir haben einen Tieflader dabei. Irgendwo hin damit?"

Karic umkreist ihn. „Sieht unbeschädigt aus. Was meinst du, Ernst?"

Janßen schaut nach dem Heck der Maschine. „Lieber in die Werkstatt." Er greift in die Vordertasche seines Blaumanns und reicht dem Mitarbeiter eine Karte. „Einfach dahin bringen."

„Machen wir", sagt er, nimmt die Daten in ein Formular auf und reicht es Janßen zur Unterschrift. Der Bagger wird wieder nach oben gehoben und der Arm zieht ihn über das Tor hinweg auf die Ladefläche des Tiefladers, während die beiden Mitarbeiter ihm in Sicherheitsabstand folgen. Neugierig steht die Gruppe über der Grube.

„Haben Sie eine längere Leiter?", fragt Burowski.

„Ist der Papst katholisch? Klar. Wir sind auf dem Bau. Ich hole sie", antwortet Karic.

„Ich bin auch schon gespannt", sagt Kretschmer. „Ein unentdeckter Kellerraum aus dem 13. Jahrhundert. Das dürfte einiges an Überraschungen mit sich bringen."

Karic und Janßen lassen die Leiter herunter, und Burowski steigt hinab. Odenwälder folgt ihm mit einer Stabtaschenlampe in der Hand. Als Kretschmer an die Sprossen greift, hält Thyssen ihn zurück. „Warten Sie, bitte! Sollte das ein Tatort sein, müssen wir ihn erst einmal sichern." Er schaut nach unten. Seine beiden Kollegen sind aus dem Sichtfeld entschwunden. „Und?", fragt Thyssen

„Hier riecht es tatsächlich nach Verwesung", antwortet Burowski. Vor ihm erstreckt sich ein weiter Raum. Vermodertes Holz liegt auf dem Boden sowie zahlreiche Tonscherben. Odenwälder leuchtet ihn aus.

„Schwenk mal da in die Ecke."

Der Lichtkegel erhellt ein metergroßes rundes Loch im Mauerwerk.

„Gib mir mal die Maglite!", bittet Burowski, beugt sich nach vorne und leuchtet in den Durchbruch. „Scheiße!"

Der junge Beamte kniet sich neben ihn. „Scheiße! Ich hole die Kamera und sage Bescheid!"

Der Kommissar kratzt sich am Hinterkopf. „Was ist denn hier passiert?"

Einige Meter über sich hört er Odenwälder sagen: „Wir haben einen Tatort!"

Vor Burowski erstreckt sich ein Raum von gut zwanzig Quadratmetern. Der Lichtkegel der Taschenlampe erhellt den Leichnam eines jungen Mannes.

„Wer hat dich denn so zugerichtet, mein Freund?", sagt Burowski.

Merker und Thyssen treten über die Leiter in den Raum hinein und knien sich daneben.

„Ist das einer deiner Vermissten?", fragt Thyssen.

Der Chef-Ermittler leuchtet tiefer in den knapp zwei Meter hohen Raum. „Ach, herrje! Es sind vermutlich alle! Und nicht nur meine!"

Thyssen folgt dessen Blick. „Das sind doch keine Knochenhaufen, oder?"

In den Tiefen des Raums erleuchtet der Kegel mehrere zu Hügeln aufgeschichtete Knochenansammlungen.

„Wie pervers ist das denn? Da ist ein Schädelhaufen, und ich wette, das sind alles Oberschenkel- und dort Rippenknochen."

Burowskis leuchtet den Raum weiter aus. Die Wände sind aus reinem Sandstein. Ein einfacher Lehmboden bildet den Untergrund.

„Da ist eine Tür!", sagt Thyssen.

Hinter ihnen knallt ein langes Stromkabel auf den Boden. Beide schreien auf.

„Kabelmann!", ruft Merker.

„Mann, Schoko. Mach so was noch einmal, und ich werde dich versehentlich erschießen", ruft Thyssen verärgert.

„Dafür habe ich Strom und die Tatortlampen heruntergeschafft."

„Mach ein paar Fotos mit Blitz von hier aus, bevor wir den Raum betreten und die Dinger aufstellen", bittet Burowski seinen jüngeren Kollegen.

„Mann, das ist ja wie bei Predator hier", sagt Merker, während er Fotos schießt.

„Wir sind aber nicht im Dschungel, sondern in Friedberg", sagt Thyssen.

„Dann halt Predator, Teil zwei! Der hat in der Stadt gespielt. Mensch, das sind bestimmt dreißig Schädel. Ich mache noch ein paar Fotos mit Langzeitbelichtung, bevor wir reingehen."

Merker zieht sein Smartphone und hält es in den Raum. Burowski schüttelt den Kopf.

„Was machst du? Knochenfotos für dein WhatsApp-Profil?"

„Witzig! Nein, ich habe eine Profi-Foto-App auf meinem Android. Die errechnet mir automatisch, mit welcher Blende und welcher Verschlusszeit ich das beste Foto bekomme. Vielleicht müssen wir mal einen Technik-Schnellkurs bei einem Bierchen machen, damit du siehst, dass nicht jeder Smartphonenutzer nichts als chattet und spielt. Deine Technikverweigerung ist echt von hinterm Mond, Charlie!"

Burowski winkt ab, und macht sich schweigend daran, die erste Baulampe aufzustellen.

Hinter ihm spricht Thyssen in ein Aufnahmegerät: „Es ist jetzt 15 Uhr 50, 7. August, ein Baggerunfall auf dem Reuß-Gelände hat den Zugang zu einem Raum ca. sieben Meter unter der Oberfläche freigelegt. Ein Mauerdurchbruch führt zu einem weiteren Raum. Dort, in ca. einem Meter Abstand und parallel zur Wand, haben wir einen unbekannten männlichen

Leichnam vorgefunden. An der gegenüberliegenden Wand …" Thyssen drückt auf Pause. „Wie viele Knochenhaufen sind das, Charlie?"

Odenwälder erscheint am Rand der Unfallstelle und ruft herunter.

„Wir haben eine Streife bekommen, die am Absperrband stehen bleibt. Es haben sich inzwischen gut 50 Schaulustige angesammelt."

„Sehr gut!", antwortet Thyssen. „Nimmst du noch die Personalien der Bauarbeiter auf?"

„Schon erledigt, Chef!"

„Rohdiamant, du machst deinem Spitznamen alle Ehre. Ruf mal unseren Direktor an und bring ihn auf Stand. Die Infos müssen auch zur Soko!"

„Die Baustellenlampen können rein!", ruft Merker dazwischen. „Ich mache auch gleich weitere Fotos. Ich muss nur noch mal schnell zu einem Eimer. Das ist echt widerlich!"

Thyssen blickt von seinem Audiorekorder auf und grinst. Aus dem Vorraum sind würgende Geräusche zu hören. Er zwinkert Burowski zu. „Er tut ja so, als wäre das seine erste Leiche. Meinen ersten Toten hatte ich nach einem Fahrzeugbrand. Verkehrsunfall! Da musste ich mich auch ganz schön zusammenreißen. Das Schlimme war nicht einmal, die verkohlte Leiche vor mir zu sehen. Es war der Geruch. Wie Gegrilltes. Süßlicher. Es war mitten im Sommer. Ich konnte die ganze Saison keinen Grill anwerfen. Zum Glück vergisst man irgendwann. Was war deine erste, Charlie?"

„Ein Drogentoter! Lag drei Tage in der Dachgeschosswohnung, bis die Nachbarn was rochen."

Burowski stellt weiße Tafeln mit Nummern an alle Gegenstände, die er am Boden sieht. Die Drei an ein Feuerzeug. Die Vier an eine Geldbörse. „Der Geruch war genauso wie der hier. Als wir ihn umdrehten, war sein Gesicht an dem Kopfkissen, auf dem er lag, festgeklebt. Das war das widerlichste. Auch wenn der Geruch so stark war, dass sogar der Drogenhund viele Streicheleinheiten brauchte, um den Raum überhaupt zu betreten. Ich hatte den Geruch noch Stunden später in der Nase. Erst ein Whisky und eine Zigarre vertrieben das."

Odenwälder tritt mit einem Alukoffer ein. „Ich schaue mal nach DNA- und Fingerspuren an der Tür da hinten!"

Merker schießt ein Foto von der alten Holztür, die sich kaum von der Wand abhebt und in einer dunklen Ecke des Raumes gelegen ist. „Sie ist verschlossen. Habe ich schon geprüft", sagt er.

„Hoffentlich mit Handschuhen!", mahnt der junge Kommissar, als er ein Wattestäbchen und ein kleines Plastikbehältnis aus dem Koffer zieht.

„Claro!", erwidert Merker und prüft erneut mit dem Smartphone die Belichtung.

„Schoko, Schoko, Schoko!", sagt Thyssen. „Du warst nur auf der Polizeischule. Rohdiamanten werden auf der Polizeiakademie erzeugt. Da lernt man anders!"

„Leute, ich habe es mir nicht ausgesucht, dass sie die Polizeischule umbenannt haben. Ich bin kein Akademiker. Ich bin Bulle wie ihr auch!"

Thyssen beschwichtigt. „Hey, alles gut. Ich mache doch nur Spaß!"

Odenwälder rollt genervt mit den Augen, bricht den Holzschaft des Wattestäbchens am Plastikröhrchen ab und verschließt den vielleicht mit DNA-Spuren behafteten Wattebausch darin.

Burowski tippt Merker auf die Schulter und zeigt auf eine Geldbörse. „Hast du die schon?"

„Ja, gerade eben aufgenommen."

Der Kommissar greift mit seinen Gummihandschuhen danach und öffnet das hintere Fach. „Fast dreihundert Euro in Scheinen."

„Also schon einmal kein Raub", sagt Odenwälder und nimmt mit einem Klebestreifen einen eingerußten Fingerabdruck von der Unterseite des Türgriffs ab.

„Welcher Räuber hat denn je die Knochen seiner Opfer gesammelt?" Burowski schüttelt den Kopf und zieht einen Personalausweis aus der Geldbörse hervor. „Burda steht auf dem Ausweis. Mike, wir haben hier den jüngsten unserer Vermissten." Der Kommissar zieht eine weitere Karte hervor. „Hier ist der Clubausweis von einem Kickboxverein. Sag mal, Mike, erinnerst du dich noch an diesen Metzger vor ein paar Jahren?"

„Der sein Opfer ausgeweidet hatte?"

„Ja, genau der. Der hatte doch immer Frauen von einer bestimmten Statur als Opfer gehabt. Könnte das auch so was sein?"

„Möglich wäre es. Was bringt unsere Welt nur für Unmenschen hervor? Dagegen ist Hannibal Lector ja ein richtig sympathischer Bursche."

Am Rand der Einsturzstelle ist eine Stimme zu hören. „Wie sollen wir denn, bitte schön, hier mit dem Zinksarg runterkommen?"

Burowski tritt aus dem Eingang und blickt in das abnehmende Licht der Nachmittagssonne. „Ah, der Herr Bestatter bequemt sich zu erscheinen."

„Was habt ihr?"

„Einen Toten und ansonsten nichts, für das ihr Zinksärge benötigt. Holt uns erstmal nur die frische Leiche raus. Muss rasch nach Gießen in die Pathologie zur Untersuchung. Die wissen schon Bescheid."

„Einfache Fahrt ins Gerichtsmedizinische Institut. Jawohl, Herr Kommissar!", witzelt der Bestatter und steigt zusammen mit seinem Assistenten die Leiter herunter. „Ach, Mensch, Burowski, was ist hier passiert?"

„Gerade das soll das GMI herausfinden."

„Ich rufe bei einem Kumpel vom Technischen Hilfswerk an. Die haben so eine Seilwinde, mit der wir den Leichnam bergen können."

„Gute Idee! Danke!", sagt Burowski, kniet sich und schließt die Temperaturmessung bei der Leiche ab. Von einem zweiten Thermometer schreibt er die Raumtemperatur ab und vermerkt beides in seinem Notizbuch.

„Dieser Raum ist sogar früher als im 13. Jahrhundert entstanden", erklingt die Stimme Kretschmers hinter ihm.

„Herr Kretschmer, das ist ein Mordtatort. Sie können doch nicht einfach so hier runter kommen. Hat man ihnen nicht gesagt, dass hier für Stunden niemand rein darf?"

Merker und Odenwälder kleben Nummern auf die einzelnen Knochen, deren Lage auf den Haufen sie akribisch notieren. Der jüngere hebt seinen Kopf in Richtung des Eintretenden. „Ich habe doch gesagt, sie könnten alle nachhause gehen."

Kretschmer schüttelt den Kopf. „Sie habe gesagt, hier könne heute nicht weitergearbeitet werden. Ich habe jedoch meinen freien Tag."

„Nicht ihr ernst?" erwidert Odenwälder.

Burowski winkt ab. „Schon gut, Rohdiamant. Sie sagen, der Raum sei sogar schon älter?"

„Ja, reiner Lehmboden, Holzbalken, dazwischen Sandstein, Lehm und anderes Füllmaterial. Frühes Hochmittelalter, würde ich schätzen. Die Tür dort und die Beschläge sind von unschätzbarem Wert. Selten findet sich eine so alte, vollkommen intakte Tür aus dieser Zeit. Es muss an der Luftfeuchtigkeit und der Temperatur liegen, dass sie so gut in Schuss ist. Wohin führt sie?"

„Das werden wir gleich herausfinden", sagt Thyssen, der im Begriff ist, die Leiter herunterzusteigen. „Ich habe unseren Zauberkoffer geholt."

„Zauberkoffer?", fragt Kretschmer.

Burowski lächelt. „Fachbezeichnung! Das ist ein Köfferchen mit ein wenig Einbruchswerkzeug. Unser Haushaltsbeauftragter hatte sich ständig beschwert, dass die Kosten für die Schlüsseldienste so hoch seien. Also haben wir uns einen Koffer ausrüsten lassen, mit dem wir selbst Schlösser öffnen können. Elektro-Picks, Dietriche, verschiedene Bartenschlüsselformen."

„Na, dann viel Spaß. Ihr Koffer dürfte etwas zu jung für dieses Schloss sein, schätze ich."

Thyssen hockt sich vor die verschlossene Holztür, während Merker eine der Bauleuchten auf sie ausrichtet.

„Da passt ja gar kein Schlüssel rein!", stellt Thyssen fest.

„Nein, das ist ein Fallriegelschloss. Eine ganz alte Verschlusstechnik, die zur Bauzeit eigentlich schon von Buntbartschlössern, wie wir sie von unseren Zimmertüren kennen, abgelöst war. Sehen Sie! Hier an der Seite ist ein Passstück einzuführen, das an der Oberseite Erhebungen hat. Mit diesen drückt man die Holzstifte nach oben, die den Riegel der Tür blockieren. Es sollten drei oder vier davon sein. Kaum mehr. Sonst wären die Stifte zu dünn und böten nicht ausreichend Widerstand gegen gewaltsame Versuche, den Riegel aufzuschieben."

„Also würde es reichen, ein paar Metalldrähte einzuführen, um sie hochzudrücken?", fragt Thyssen.

„Ja, drei oder vier", wiederholt der Denkmalschützer.

„Ich probiere es."

„Das ist sehr spannend", sagt Kretschmer. „Wie eine Reise zurück in die Zeit. Wir durchschreiten eine Tür, die vielleicht 800 Jahre nicht mehr passiert wurde."

Burowski tippt dem Archäologen auf die Schulter und hebt die weiße Plastikplane an, die den Schädelhaufen bedeckt. „Wenn wir es nicht mit einem Zauberer zu tun haben, befürchte ich, dass ich Ihre Hoffnung ein wenig mildern muss."

Kretschmers Gesicht nimmt ernste Züge an. „Eine Trophäensammlung! Was denken Sie, mit was Sie es zu tun haben?"

„Ich weiß es nicht", sagt der Kommissar. „Vielleicht sammelt hier ein Massenmörder seit Jahren seine Andenken. Was denken Sie, wo diese Tür hinführt?"

„Bestimmt in den nächsten Keller", wirft eine unbekannte Stimme ein.

„Verdammt nochmal! Das ist ein Tatort!", schimpft Burowski. „Wer hat sie durchgelassen?"

„Niemand!", sagt der Bauarbeiter schuldbewusst.

„Rohdiamant! Schau doch mal, was die Streife oben macht. Sag ihnen, sie sollten gefälligst ihren Job machen."

„Oh, das ist nicht nötig! Die stehen am Absperrband am Tor."

„Und wie kommen sie dann herein?"

„Na, hinten herum. Am alten Kino vorbei."

Odenwälder greift zu seinem Smartphone und wählt Krätzers Rufnummer aus den Kontakten aus.

„Ich kenne sie doch. Herr Schmidt, nicht wahr?"

„Ah, Sie sind's. Der Kommissar, der heute Morgen nach Frau Schmidt gefragt hatte."

„Was hatte sie denn zur Wache geführt?"

„Wissen Sie, wir werden seit Wochen sabotiert. Ständig sind Kabel durchgeschnitten, fehlen wichtige Teile an Baumaschinen. Ich sollte das zur Anzeige bringen. Eine Stunde hatte ich auf der Wache rumgesessen, bis mein Vorarbeiter mir am Telefon sagte, dass es wieder einen Zwischenfall gab und ihr da seid. Ich bin dann nachhause, weil die Baustelle ja gesperrt wurde, habe aber meine Tasche vergessen." Er hebt eine Umhängetasche hoch, an deren Seite eine silberne Thermosflasche herausragt.

„Schoko, ich brauche eine dritte Hand. Kannst du die zwei Drähte oben halten?"

Merker tritt hinzu und übernimmt. Thyssen biegt einen weiteren Draht zurecht und führt ihn in das Türschloss ein. Hinter ihnen wird ein Zinksarg über eine Seilwinde nach unten gelassen.

„Wir sind soweit", ruft einer der Bestatter. Burowski zeigt mit dem Daumen nach oben, kann seine Augen aber nicht von der Tür abwenden.

„Also gut, Herr Schmidt. Was meinen Sie damit, dass er in den nächsten Keller führt?"

„Meine Mutter ist eine alte Friedbergerin. Sie sprach immer davon, dass die alten Gewölbekeller Friedbergs miteinander verbunden sind. Sie sollen bis zur Burg führen. Quasi, um von einem zum anderen zu flüchten. Hatte wohl mit dem Krieg zu tun. Sie sind aber zugeschüttet oder zugemauert, glaube ich. Vielleicht ist das einer, der nicht zugemauert ist."

Kretschmer schüttelt den Kopf. „Das stimmt schon, Herr Schmidt, dass es Keller und Gruben unter der Kaiserstraße gibt, aber ein verbundenes Kellersystem bis zur Burg, das ist ein Mythos. In den 30er-Jahren wurden sie kartographiert. Ich bin mir aber sicher, dass auch heute noch unentdeckte Keller zu finden sind. Das ist vielleicht einer von ihnen."

Burowski kratzt sich am Kopf. „Wie kann das sein? Ich muss doch als Hausbesitzer wissen, wo mein Keller ist."

„Sehen Sie, Herr Burowski, die Keller haben überwiegend keinen Bezug zu den Häusern. Sie sind viel älter und liegen wesentlich tiefer als die Hauskeller. Teils sind es sechs und mehr Meter, die zwischen den Firsten und der Oberfläche liegen."

„Meine Mutter sagte, ihre Eltern hätten sie als Kühlraum genutzt", wirft Schmidt ein.

„Ja, das stimmt. In dieser Tiefe ist es konstant kühl. Sie entstanden aber auch durch den Lehmabbau. In den 30ern wurden die erste Keller verfüllt, der Großteil aber erst in den 70ern, als es die Verkehrssicherheit der Kaiserstraße zu sichern galt."

„Und Sie denken, das könnte einer dieser Keller sein?", fragt der Kommissar. „Wir sind etwas weit von der Kaiserstraße weg."

„Ich will es nicht ausschließen. Tiefe Keller gibt es auch in der Altstadt. Immerhin sind wir hier auf einem ehemaligen Deutschorden-Gelände. Ich könnte mir gut vorstellen, dass Waren der Faktorei in einem tiefen und großen Keller gekühlt wurden. Allem voran wahrscheinlich Bier."

„Ich bin soweit", sagt Thyssen. „Ich glaube, das war der letzte Holzstift. Ich ziehe jetzt die Riegel raus. Bereit?"

Odenwälder und Burowski ziehen ihre Dienstwaffen aus den Holstern.

„Bitte treten Sie aus dem Raum, bis ich Sie wieder hereinbitte!", sagt Burowski. Kretschmer und Schmidt steigen durch das Loch in der Mauer zurück zu den beiden Bestattern, die gerade den Leichnam in den Sarg legen.

234

„Rohdiamant, es ist Zeit für deine Taschensonne", sagt Thyssen.

Der junge Beamte schaltet seine Surefire-Taschenlampe ein und führt den grellen weißen Leuchtkreis zum Türspalt. „Ich öffne!"

Hinter der Tür führt eine wenige Stufen zählende Steintreppe hinab zu einem Gang von gut zwei Meter Breite. Odenwälder tritt hinein.

„Hier ist trockenes Blut an der Wand!", meldet er. Auch Burowski tritt hinzu.

„Duck dich! Der Zugang hat keine Stehhöhe", warnt Odenwälder.

„Leuchte mal nach vorne!"

Vor ihnen öffnet sich ein schier endloser, gerader Gang.

„Es ist ein langer Tunnel vor uns. Er nimmt hier seinen Anfang", ruft der Kommissar zurück und wendet sich dann an Odenwälder. „Wie weit kann deine Lampe leuchten, Rohdiamant?"

„Mit eingeschaltetem Xenon-Licht gut 300 Meter!", antwortet er.

„Gut, dann dürften wir bis über die Mitte der Kaiserstraße hinaus ausgeleuchtet haben. Schoko, haben wir noch Baulampen und Verlängerungskabel?"

„Ich hole sie!", antwortet Merker.

Über ihnen klappt kaum hörbar die Heckklappe des Bestattungswagens zu. „Wir fahren ihn jetzt nach Gießen!", ruft der ältere der Bestatter nach unten.

„Danke!", gibt Thyssen zurück und tritt unter die Leiter. „In einer viertel Stunde sollten wir mit den Knochen fertig sein. Schickt ihr noch jemand? Die müssen auch ins GMI."

Der Bestatter bestätigt. Ein leichtes Vibrieren vermittelt die Abfahrt der schwarzen Limousine. Merker reicht Thyssen weitere Lampen und Kabel die Leiter herunter. „Wir haben tatsächlich einen Tunnel! Er scheint parallel zur Kaiserstraße in Richtung Burg zu führen."

„Also hat Mutter doch recht!", stellt Schmidt fest.

Ketschmer nickt und nimmt Merker ebenfalls eine der Lampen ab.

„Ja! Das hier dürfte etwas Außergewöhnliches sein. Hier auf dem Reuß-Gelände verlief ein Teil der Stadtbefestigung. Wenn der Tunnel zur Burg führt, könnte er als geheimer Fluchttunnel gedient haben. Das wäre die archäologische Sensation schlechthin. Sie müssen wissen, dass Stadt und Burg lange Zeit unterschiedlichen Herren dienten. Wurde die Burg belagert, konnte es nötig sein, zu fliehen, ohne von der Stadt aufgehalten zu werden. Solche Tunnel waren nicht unüblich. Für Friedberg wäre es eine Sensation, ihn nach Jahrhunderten der Vergessenheit wiederzuentdecken."

Merker steigt die letzte Stufe der Leiter herunter. Ein langes aufgerolltes Kabel hat er geschultert. „Ich wusste gar nicht, dass sich Burg und Stadt nicht grün waren", sagt er an Kretschmer gerichtet.

„Was glauben Sie, wie viel Energie die Herren der Burg aufgewandt hatten, um zu verhindern, dass, wie ursprünglich vorgesehen, eine Stadtkirche mit zwei großen Türmen gebaut wurde."

„Was hat die Kirche damit zu tun?"

„Im Fall einer Belagerung fanden es die Burgherren deutlich besser, von nur einem statt von zwei Türmen beschossen zu werden."

„Ja, die Kirche. Ein Ort des Friedens! Ich baue das Zeug auf und gehe mit Tilman bis zum Ende des Tunnels durch. Ich habe zwei alte Analog-Funkgeräte mitgebracht", sagt er an Thyssen gewandt.

„Wo hast du die denn her?" wundert sich der Angesprochene und verstaut weiteres Aufbruchswerkzeug im Koffer.

„Als der Digitalfunk eingeführt wurde, sollten die alle verschrottet werden. Ich habe mir zwei gekauft und ein paar Akkus dazu. Mit denen kann man wenigstens ohne Relais funken, wenn man will. Bestens geeignet also für hier unten."

„Du überraschst einen immer wieder!", sagt Thyssen und klopft ihm anerkennend auf den Rücken.

„Hier ist euers. Sind beide auf Kanal 54 Unterband Wechselsprechen. Wir melden uns, wenn wir am Ende angekommen sind. Auf geht's, Rohdiamant! Du führst uns an, mit deiner Taschensonne nebst Knarre im Anschlag, und ich folge dir mit Kabeltrommel und den drei Lampen."

Merker und Odenwälder dringen in den Tunnel ein. „Wenn wir angekommen sind, ist der Tunnel auch für die Altherrenriege hell und ungefährlich", ist noch zu hören, als sie längst mehrere Meter tief in den Tunnel vorgedrungen sind.

„Das haben wir gehört!", ruft ihnen Thyssen hinterher.

„Bei euch geht es ja genauso lustig zu wie bei uns auf dem Bau", sagt Schmidt.

Burowski nickt. „Ja, manchmal mit einer Spur mehr Galgenhumor. Ohne Witze und dumme Sprüche triebe es viele von uns in den Alkohol."

„Das ist in vielen Berufen so!", bestätigt Kretschmer. „Einen befreundeten Unfallchirurg hielt ich anfangs für einen Misanthropen, aber seine sarkastischen Bemerkungen über Unfallopfer und selbst Verstorbene waren auch nur Selbstschutz."

Thyssens Telefon klingelt. „Ja, Thyssen. Grüß dich, Paul! Ah, sehr gut. Du kannst sie herunter schicken und wenn möglich vielleicht noch eine helfende Hand." Er bedankt sich und wendet sich an seine Kollegen. „Der zweite Wagen vom Bestatter ist da. Krätzer schickt uns einen von der Schicht mit, um zu helfen, die Kisten hochzuschaffen."

„Ich greife auch gerne zu!", bietet sich Schmidt an. Kretschmer nickt zustimmend.

„Danke, aber leider nein. Das sind Beweismittel. Tut mir leid, aber sie dürften eigentlich ohnehin nicht hier sein. Lassen Sie uns doch alle nach oben gehen, damit wir wenigstens so tun, als sei das ein steriler Mordtatort, an dem nicht ständig ein neuer Zivilist auftaucht."

Kaum ausgesprochen, löst ein Kamerablitz aus.

„Oh, entschuldige, Mike! Ich habe nicht gemerkt, dass du gerade zu mir hochschaust."

„Pedro! Ich sehe nur noch rote Punkte."

Rodriguez steht am Rand des Unfalllochs und lässt seine Kamera wieder vom Hals herunter hängen. Er reicht Thyssen seine Hand, der mit einer Kiste in der Rechten auf den oberen Stufen der Leiter steht, und hilft ihm nach oben.

„Sorry. Ich hatte gerade die Story von dem Baggerunfall fertig und der Reaktion übersandt, als ich den Anruf bekam, dass ihr eine Leiche gefunden habt. Kannst du schon mehr sagen? Was ist in den Kisten?"

Thyssen übergibt sie einem der Bestatter, der sie im Wagen verstaut. Der zweite Mitarbeiter des Bestattungsinstituts bildet mit dem Streifenbeamten und Burowski eine Kette.

„Wie viele sind es?", fragt der erste Bestatter.

Thyssen schaut auf den Entwurf des Tatortbefundberichts. „Drei Kisten und nochmal sechs blaue Müllsäcke."

„Oh, na dann auf. Ich will um Viertel nach acht auf der Couch sein."

Rodrigues wendet sich wieder an Thyssen. „Das sind alles Knochen! Himmel, was ist das für ein Tatort?"

„Ich wäre dir verbunden, wenn du die Details noch weglassen würdest. Das ist der löcherigste Tatort, den ich je hatte. Kannst du zunächst nur etwas von einem Leichenfund schreiben und dass die Polizei aus ermittlungstaktischen Gründen nicht mehr sagen kann?"

Rodrigues schweigt nachdenklich. „Also gut. Kriege ich dafür eine Exklusivstory, wenn ihr soweit seid?"

„Ich setze mich dafür ein, Pedro."

„Dein Wort reicht mir. Ich schreibe, dass bei Bauarbeiten eine Leiche in einem Kellerraum gefunden wurde. Männlich?"

Thyssen nickt.

„Ist es einer der Vermissten?"

„Die Indizien sprechen dafür."

„OK. Ich mache noch ein paar Fotos. Mit dem Hintergrund der Vermisstensachen, über die ich geschrieben habe, kann ich daraus einen neuen Artikel machen. Rufst du mich an, wenn es die Ermittlungen zulassen, mehr zu sagen."

„Versprochen, Pedro!", erwidert Thyssen und beide verabschieden sich mit Handschlag.

„Herr Kommissar, ich gehe jetzt auch. Ich habe Herrn Burowski schon meine Personalien gegeben, damit Sie mich erreichen, wenn noch was ist."

„Danke, Herr Schmidt. Und Ihnen noch einen schönen Abend, trotz all der Aufregung."

Der Bauarbeiter winkt und verlässt das Gelände in Richtung Osten.

„Paul!", ruft Thyssen. „Hast du noch jemanden, den du da hinten abstellen kannst? Es gibt noch einen ungesicherten Zugang auf der Ostseite."

Der Oberkommissar zeigt einen Daumen nach oben, und eine junge Kollegin folgt dem Bauarbeiter zum rückwärtigen Ausgang.

„Das war der letzte Sack", ruft Burowski hoch und übergibt ihn dem Bestatter auf der Leiter, der ihn an den Streifenbeamten weiterreicht.

„Gut! Dann verabschieden wir uns jetzt auch und fahren nach Gießen", sagt der zweite Bestatter, als er den Kofferraum schließt.

„Und ich unterstütze Hülya an der Ostseite", sagt der uniformierte Helfer und eilt dem zweiten Zugang entgegen.

„Danke und einen schönen Feierabend an die Bestatter!", ruft Burowski hoch und wischt sich seine Hände an der Weste ab.

Das Funkgerät ertönt undeutlich und unterbrochen von Störungen: „Charlie für Schoko!"

Burowski eilt an die hölzerne Tür zum Tunneleingang. Die Funkverbindung verbessert sich. „Ich höre!"

„Wir sind jetzt am Ende des Tunnels. Du wirst es nicht glauben, aber rate mal, aus welchem Fenster ich gerade schaue!"

„Spann mich nicht auf die Folter! Wo seid ihr?", antwortet er genervt.

„Ich schaue gerade aus einem Erdgeschossfenster in den Hof des Burggymnasiums. Unter der Burg begann sich der Tunnel zu verzweigen. Mehrere der Verzweigungen erwiesen sich als verschüttet. Dann fanden wir einen, der über eine Leiter nach oben führt. Eine Falltür im Boden führt in einen Keller der alten Burgkanzlei. Man kann die Falltür kaum erkennen. Ganz geschickt. Hier ist aber alles abgeschlossen, und das Gebäude ist auch leer. Kommen!"

„Ist die Falltür in letzter Zeit benutzt worden? Irgendwelche Hinweise?"

„Schwer zu sagen. Ich habe jedenfalls DNA-Abstriche gemacht. Wenn was drauf war, ist es gesichert. Die Falltür hat einen Riegel auf der Unterseite. Der war nicht geschlossen. Ich schließe ihn jetzt, dann prüfen wir die zwei verbleibenden Abzweigungen, in denen wir noch nicht waren und kommen zurück. Einverstanden?"

„Ja, einverstanden! Meldet euch jeweils, wenn ihr in einer der Abzweigungen wart. Kommen!"

„Geht klar. Ende!"

Thyssen kommt die Leiter herunter. „Ich habe mitgehört. Das ist ja wohl verrückt, oder?"

„Kannst du wohl sagen!" Burowski nimmt die Dienstkamera von einem Fotokoffer auf dem Boden auf, fotografiert zunächst den hell erleuchteten Gang in Richtung Burg und dann die rot-braunen Flecken an der Wand. Thyssen tritt in den Gang hinein.

„Vorsichtig! Stoß dir den Kopf nicht!", warnt Burowski.

„Verdammt! Zu spät!", raunt Thyssen und reibt sich die Schädeldecke. Er zieht ein Skalpell aus einem Etui, entfernt einige Anhaftungen des an der Tunnelwand getrockneten Blutes und lässt sie in eine kleine Plastiktüte fallen.

„Charlie für Schoko!", krächzt es wieder aus dem 2-Meter-Funkgerät.

„Mike hier. Leg los!", antwortet Thyssen.

„Der zweite Tunnel ist auch eine Sackgasse! Kommen!"

„Ja, verstanden!" Thyssen verstaut das Funkgerät zwischen Gürtel und Hosenbund und reibt sich die Augen.

„Müde?", fragt Burowski.

„Das Nachdenken in diesem Fall strengt mich an. Irgendjemand lässt mindestens 30 Menschen verschwinden, ermordet und sammelt sie hier. Da waren einige schon sehr verwitterte Knochen dabei. Vielleicht macht der das schon seit Jahren, und wir merken es nicht."

„Das sind nicht nur einige Jahre. Das werden die Autopsien ergeben!", sagt Kretschmer und steigt die letzten Sprossen des Leiter herunter.

„Ich dachte, sie wären schon gegangen", sagt Thyssen und geht ihm entgegen. Burowski tritt ebenfalls aus dem Tunnel heraus und verstaut die Tüte mit den Spuren im Fotokoffer.

„Ich war auch schon auf dem Weg zum Auto. Dann ist mir etwas eingefallen. Das Fallriegelschloss ist sehr ungewöhnlich. Im Hochmittelalter hätte man für ein Schloss sicher schon Eisen genutzt."

„Wie alt schätzen Sie es?", will Thyssen wissen.

„Dazu kann ich nichts sagen. Ich nehme an, die Balken sind aus dem gleichen Holz. Ich würde morgen Früh wiederkommen und zwei Proben mit einem Hohlbohrer entnehmen, wenn Sie erlauben."

„Radio-Carbon-Methode?", fragt Thyssen. Kretschmer lacht.

„Nein, so aufwändig muss es bei Holz nicht sein. Über den Hohenheimer Jahrringkalender kann ich das Alter von Holz über einen Zeitraum von 12.000 Jahren bestimmen. Das reicht!"

„Jahresringe zählen?", fragt Thyssen. „Ich dachte immer, damit ließe sich nur das Alter eines Baumes bestimmen."

„Das Alter, aber auch der exakte Zeitraum des Wachstums. Die Wachstumsphasen sind einheitlich und wie ein zeitlicher Fingerabdruck. Anhand einer Dendrochronologiebeprobung könnte ich beispielweise aussagen, dass ein Baum 38 Jahre alt war, als er gefällt wurde, und exakt 1700 bis 1738 wuchs."

„Wieder etwas gelernt!", bemerkt Burowski und klappt den Spurensicherungskoffer zu. „Dieser Fall wird uns vermutlich noch viel mehr lehren. Herr Kretschmer, Sie halten es für möglich, dass diese Knochen viel älter sind? Wie viel älter?"

„Das wäre dann ein Fall für die C14-Datierung, also die von Ihnen erwähnte Radio-Carbon-Methode, Herr Thyssen. Das ist so ähnlich wie mit der Dendrochronologie, nur dass statt dem Aufbau von Jahresringen der Grad des Abbaus eines bestimmten Kohlenstoffisotops bestimmt wird."

Das Funkgerät wird wieder aktiv. „Mike für Schoko!"

Thyssen zieht das Funkgerät aus dem Gürtel hervor. „Höre!"

„Der letzte Gang ist auch eine Sackgasse. Wir kommen zurück."

„Verstanden. Ende!"

Odenwälder und Merker treten plötzlich aus der Tür. Burowski und Thyssen schreien auf und drehen sich erschrocken um. Letzterer hat die Hand an seiner geholsterten Dienstwaffe. Kretschmer schmunzelt.

„Mensch, Schoko. Ich hätte dich erschießen können."

„Beruhige dich. Ich bin oft genug mit dir auf der Schießbahn gewesen. Ich wäre keine Sekunde in Gefahr."

Thyssen kneift seine Augen zusammen. „Depp!"

„Wir haben alle Gegenstände und Spuren im Räumchen nummeriert, fotografiert und eingetütet. Der Gang ist gesichert, der Ausgang ist geschlossen und verplombt. Wie weiter?", fragt Merker.

Burowski zeigt nach oben. „Wir schauen mal, wie stark die Soko inzwischen ist und welche Daten sie schon zusammengetragen haben. Es sind auch schon Kräfte aus Gießen bei uns angekommen und mit einzelnen Ermittlungs- und Vernehmungsaufträgen unterwegs. Die befüllen bereits unsere Datenbank mit allen Daten, die wir von den Vermissten haben. Irgendwo wird es eine Verbindung geben." Nachdenklich schaut er von der Tür zum Grubenloch, in das das letzte Tageslicht gerade rötlich einfällt.

„Leider gibt es keine Möglichkeit, den Raum zu versiegeln. Das wird der Schicht nicht schmecken", stellt Thyssen fest.

„Ich klingel bei der Wache durch. Der Nachdienst dürfte bestimmt schon übernommen haben", kündigt Burowski an und nimmt sein Handy aus der Jackentasche.

„Damit kann man telefonieren?", fragt Odenwälder, während sie nacheinander die Leiter hochsteigen. „Das ist ein Siemens S90, oder?"

„Ist ein ausrangiertes Diensthandy und hat nur einen symbolischen Euro gekostet."

Thyssen greift in seine Jackentasche und holt ein Blackberry hervor. „Ich habe mein neues Diensthandy mit."

„Warte! Es tutet schon", unterbricht Burowski. Der Wachhabende nimmt ab. „Burowski hier. Wir brauchen heute Abend eine Streife zur Unterstützung. Ah, Ok. Reich ihn mir gerne." Burowski hält das Mikrofon zu. „Die Revierleitung ist noch im Haus."

Krächzend und leise ist Schätzers Stimme zu hören, der sich mit Namen meldet.

„Hallo, Frank. Was machst du denn noch im Dienst? Ja, schreckliche Sache. Wissen wir noch nicht. Hör mal, wir können den Raum nicht versiegeln. Wir müssen einen Objektschutz stellen. Was? Ja, aber das muss doch... Oh, Okay. Na, so ein Mist." Burowski drückt die Taste mit dem roten Telefonhörersymbol. „Wir müssen den Objektschutz selbst stellen. Gerade ist der Einsatzbefehl für Samstag eingegangen. Die Demo ist genehmigt worden. Sie sind personell völlig verplant."

„So ein Mist!" Thyssens Smartphone klingelt. „Thyssen! Ja, okay. Verstanden. Sehr gut."

„Was ist?", will Burowski wissen.

„Wir haben die Operative Einheit mit fünf Mann im Nachtdienst. Sie versuchen gerade, alle zu erreichen, damit sie früher kommen. Ansonsten haben wir zwölf Leute aus unserem Tagdienst für Ermittlungen zur Verfügung, fünf unterstützen uns aus Gießen, und zwei Streifen Wachpolizei haben sie vor einer halben Stunde aus dem Präsidium zu unserem Tatort geschickt." Thyssen schaut auf seine Uhr. „Müssen jeden Moment da sein."

Burowksi greift in die Tasche seines Mantels, holt mit Gummihandschuhen die sichergestellte Geldbörse des Toten aus der Tüte und daraus den Personalausweis. „Also gut, Michael Burda, Kickboxer aus Friedberg. Wollen wir mal deine Geschichte in Erfahrung bringen!"

Thyssen schaut ihm über die Schulter und liest die Adresse ab. „Hauptstraße? Also in Fauerbach."

Er zieht sein Notizbuch und vermerkt die Adresse mit einem kleinen IKEA-Bleistift.

„Gut, Jungs, ihr fahrt da hin und klärt das Umfeld Burdas ab. Wir brauchen die Daten aller Menschen, die Kontakt mit ihm hatten. Freunde, Bekannte, Sport-, Arbeitskollegen, einfach jeden. Mike und ich fahren in die Befehlsstelle und gehen dann mit den nächsten Aufträgen raus."

Odenwälder und Merker nicken und eilen zu ihrem Dienstfahrzeug.

Burowski ruft ihnen hinterher. „Und klingelt in Gießen bei der Bereitschaft unserer Techniker durch. Die sollen noch heute jemand herschicken, der den Analyserechner in unsere Befehlsstelle verlagert. Ich will von Anfang an alle Daten dort eingeben. Wenn es Verbindungen gibt, dann erfahren wir es damit am schnellsten."

Paul Krätzer kommt auf Burowski und Thyssen zu. „Hey, Mike, Charlie! Wollte euch nur Bescheid sagen, dass Hülya und ich gleich abziehen. Haben ja schon seit einer Stunde Feierabend. Die Nachtschicht löst uns ab, ist aber zu schwach, um uns zu ersetzen. Ihr müsst also bald jemanden organisiert haben."

„Danke, dass ihr so lange geblieben seid!", sagt Burowski.

„Wir wären auch noch länger geblieben, aber morgen um fünf ist Meldezeit wegen der Demo."

„Wissen wir! Danke, Mann!", wirft Thyssen ein.

Die drei geben sich die Hand. Krätzer nickt ihnen zum Abschluss zu und eilt zu seinem Streifenwagen, vor dem gerade ein zweiter aus dem Nachtdienst anhält. Burowskis Telefon klingelt. Er schaut auf das Display. „Ah, das GMI. Burowski! Sehr gut! Das ging flott. Zwischen einer Woche und ca. einem Monat tot? Was ist denn das für eine Zeitangabe. Okay. Verstehe. Ja, hat der Mann vom Denkmalschutz auch gesagt, dass da unten kaum etwas verwittert. Und die Todesursache? Was? Euer Ernst. Ja, danke. Ich bleibe weiter erreichbar."

„Was ist?", fragt Thyssen.

„Der Gerichtsmediziner sagt, das Opfer habe Bissspuren, an denen es wohl auch verstorben ist."

„Bloß kein zweites Rothenburg hier! Ein hessischer Kannibalenfall reicht."

Burowski schaut der untergehenden Sonne nach und blickt Thyssen dann in die Augen.

„Bissspuren eines Tieres, Mike! Ein Raubtier, kein Mensch!"

Thyssen verzieht das Gesicht. „Wir haben hier doch höchstens Füchse, Charlie. Das ist die Wetterau und nicht der Dschungel von Burma."

„Im Norden und Osten Hessens gab es immer wieder mal Wolfssichtungen. Im Frühjahr wurde einer in Biebertal fotografiert. Vielleicht ist ja einer in die Wetterau gekommen."

„Ein Wolf der Türen mit Fallstiftschloss öffnet und Tunnel unter der Kaiserstraße über Falltüren in der Burg betritt und durchstreift?"

„Hast ja Recht. Warten wir den endgültigen forensischen Befund ab. Vielleicht hetzt der Täter seine Opfer mit einem Hund zu Tode", mutmaßt Burowski.

Ein Halbgruppenwagen hält vor dem Tor zum Reuß-Gelände.

„Die Wachpolizei ist da", sagt Thyssen. „Ich instruiere sie schnell. Ein Team schicke ich zur Burg. Zur

Not müssen zwei von der OPE hinzu. Wir sollten sicher gehen."

„Gut! Ich mache die Tatortbeleuchtung schnell aus, und dann fahren wir zur Befehlsstelle", kündigt Burowski an, steigt die Leiter hinunter und geht zur Kabeltrommel. Er kniet sich hin und entfernt einen Stecker nach dem anderen. Mit jedem erlischt eine Lampe und übergibt den Raum seiner jahrhundertealten Dunkelheit. Bevor er den letzten zieht, der die Kabeltrommel mit den Lampen im Tunnel verbindet, greift er nach seiner Maglite und schaltet sie ein. Mit Trennen des Verlängerungskabels taucht der Raum wieder in die alte Finsternis ein. Nur die Maglite und der mit dem Sonnenuntergang sichtbar gewordene Vollmond erhellen kleine Teile von Raum und Tunnel. Burowski ist im Begriff die Holztür zu schließen, als sei Telefon klingelt. „Burowski!"

„Müller hier, Polizeiposten Bad Nauheim. Wir haben gerade eine Vermisstenanzeige aufgenommen. Sie hatten um Anruf gebeten, wenn wir eine aufnehmen, die ins Profil passt."

„Wer ist es?"

„Zwar kein Kampfsportler, aber er ist im richtigen Alter. Jemand aus Bad Nauheim. Wird seit dem frühen Morgen vermisst. Es ist ein Mitarbeiter des Denkmalschutzes in Wiesbaden. Ein Dr. Kretschmer!"

Hinter sich hört Burowski schneller werdende Schritte. Er lässt das Telefon fallen und zieht seine P30.

Ich rieche seinen Schweiß. Ich spüre seinen Mut und zittere vor Aufregung. Er ist bewaffnet. Endlich eine Herausforderung für einen so alten Jäger wie mich. Ich sehe, wie er sich mit einem Ruck umdreht, doch da springe ich schon. Mit aufgerissenem Maul und gebleckten Hauern dem blendenden Lichtkegel entgegen.

Drei laute Schüsse hallen durch den Tunnel, durchdringen die darüber liegenden Keller Friedbergs und verhallen in der Nacht. Drei laute Schüsse! Das Letzte, das er im Leben vernehmen sollte. Und der Tunnel wird wieder still. Totenstill.

Autorenporträt: Andreas Arnold

ist Jahrgang 1976. Den Friedberger kennt man in der Wetterau als Bühnenpoeten und Veranstalter von Poetry Slams, aber auch als Theaterschauspieler, Blogger, Kolumnist und Umweltaktivist. Seit der ersten Kulturwoche wirkt er aktiv an der Kulturarbeit im Theater Altes Hallenbad mit und ist verantwortlich für die Pressearbeit.

2015 gab er im Morlant-Verlag die Anthologie „Poetry Slam Wetterau – Das Buch. Texte von Toleranz, Respekt und Anerkennung" heraus. 2017 folgte der zweite Band: „Poetry Slam Wetterau – Das zweite Buch. Bühnentexte zur Natur". Im gleichen Jahr erschien im Reimheim-Verlag sein erster Roman, das Kinder- und Jugendbuch „Fionrirs Reise", an dessen Folgegeschichte er derzeit arbeitet.